Les Valkyries

Du même auteur

L'Alchimiste, Éditions Anne Carrière, 1994 ; Flammarion, 2008, 2010, 2012, 2017, 2024.

Sur le bord de la rivière Piedra je me suis assise et j'ai pleuré, Éditions Anne Carrière, 1995, 2004 ; J'ai lu, 2008, 2021.

Le Pèlerin de Compostelle, Éditions Anne Carrière, 1996, 2004 ; J'ai lu, 2009, 2017, 2021.

La Cinquième Montagne, Éditions Anne Carrière, 1998, 2004 ; J'ai lu, 2011, 2021.

Manuel du guerrier de la lumière, Éditions Anne Carrière, 1998, 2004 ; J'ai lu, 2020.

Conversations avec Paulo Coelho, Éditions Anne Carrière, 1999.

Le Démon et Mademoiselle Prym, Éditions Anne Carrière, 2001, 2004 ; J'ai lu, 2009, 2021.

Onze minutes, Éditions Anne Carrière, 2003 ; J'ai lu, 2010, 2021.

Maktub, Éditions Anne Carrière, 2004 ; J'ai lu, 2011, 2021.

Le Zahir, Flammarion, 2005 ; J'ai lu, 2006, 2021.

Comme le fleuve qui coule, Flammarion, 2006 ; J'ai lu, 2007, 2021.

Veronika décide de mourir, Éditions Anne Carrière, 2000, 2004 ; Flammarion, 2007, 2021 ; J'ai lu, 2007, 2021.

La Sorcière de Portobello, Flammarion, 2007 ; J'ai lu, 2008, 2020.

(suite en fin d'ouvrage)

Paulo Coelho

Les Valkyries

Traduit du portugais (Brésil)
par Élodie Dupau

Flammarion

Titre original : *As Valkírias*

Édition publiée en accord avec Sant Jordi Asociados
Agencia Literaria S.L.U., Barcelone, Espagne.
www.santjordi-asociados.com

http://paulocoelhoblog.com

Pour la traduction française :

ISBN : 978-2-0802-0751-7

Ô Marie conçue sans péché,
priez pour nous qui avons recours à Vous.
Amen.

Pour le nom qui a été tracé le 12 octobre 1988,
dans le Glorietta Canyon.

« L'ange du Seigneur se présenta devant eux,
et la gloire du Seigneur les enveloppa de sa lumière. »

Luc, 2:9

Note de l'auteur

Je retrouvai J. pour dîner près de la plage de Copacabana, à Rio de Janeiro. Avec toute la joie et l'enthousiasme d'un écrivain qui allait publier son deuxième livre, je lui remis une copie de *L'Alchimiste*, en lui expliquant que ce livre lui était dédié – une façon pour moi de le remercier pour tout ce que j'avais appris au long de ces six années à ses côtés.

Deux jours plus tard, je l'accompagnai à l'aéroport. Il avait lu une partie du manuscrit et attira mon attention sur une phrase : « Tout ce qui arrive une fois peut ne plus jamais arriver. Mais tout ce qui arrive deux fois arrivera certainement une troisième fois[1]. » Quand je l'interrogeai, il m'expliqua que j'avais déjà eu deux opportunités de vivre mon rêve, et que j'avais fini par les détruire. Puis il cita un extrait d'un poème d'Oscar Wilde :

Et tous les hommes tuent l'être qu'ils aiment
Que chacun l'entende bien !
Certains le font avec un regard froid,

Certains avec un mot flatteur,
Le lâche avec un baiser,
L'homme brave avec une épée ![2]

Je lui demandai ce qu'il entendait par là. Il me conseilla de suivre les *Exercices spirituels* de saint Ignace de Loyola en me retirant dans un lieu isolé, car le succès comble les gens de joie et de culpabilité à la fois – or je devais être préparé à ce qui allait m'arriver.

Lorsque je lui confiai que l'un de mes rêves était de passer quarante jours dans le désert, il trouva l'idée excellente. Il me suggéra d'aller dans le Mojave, aux États-Unis, où il connaissait quelqu'un qui pourrait m'aider à accepter ce que j'aime – car telle était ma mission.

J'ai restitué le résultat de cette expérience dans *Les Valkyries*. Les événements narrés dans ce livre se sont produits entre le 5 septembre et le 17 octobre 1988. J'ai changé l'ordre de certains passages et, à deux occasions, j'ai recouru à la fiction, afin que le lecteur puisse mieux comprendre les sujets évoqués. Hormis cela, tous les faits essentiels sont réels. La lettre citée en épilogue est enregistrée dans le *Cartório de Títulos e Documentos de Rio de Janeiro*[3], sous le numéro 478038.

Il conduisait depuis près de six heures. Pour la énième fois, il demanda à la femme à côté de lui s'ils étaient sur la bonne route.

Pour la énième fois, elle consulta la carte. Oui, c'était la bonne route. Malgré la végétation environnante, la belle rivière qui coulait, les arbres qui longeaient la chaussée.

— Il vaut peut-être mieux s'arrêter dans une station-service pour en être sûrs, proposa-t-elle.

Ils se turent, écoutèrent des chansons anciennes à la radio. Chris savait qu'il était inutile de s'arrêter, qu'ils avaient pris la bonne direction – même si le paysage autour d'eux laissait penser le contraire. Mais elle connaissait bien son mari : Paulo était tendu, méfiant, persuadé qu'elle avait mal lu la carte. Demander à quelqu'un le rassurerait.

— Pourquoi sommes-nous venus ici ?

— Pour que je puisse accomplir ma mission, répondit-il.

— Une bien étrange mission.

Très étrange, c'est vrai, se dit-il.

Communiquer avec son ange gardien.

✧ ✧ ✧

— D'accord, tu viens parler avec ton ange, reprit-elle au bout d'un moment. Mais en attendant, si tu parlais un peu avec moi ?

Il garda le silence, concentré sur la route, se répétant peut-être qu'elle s'était trompée de chemin. *Inutile d'insister*, songea-t-elle. Elle se mit à espérer qu'une station-service soit proche ; ils avaient pris la route dès la sortie de l'aéroport, et elle avait peur que Paulo tombe de fatigue et s'endorme au volant.

Et cette fichue pompe à essence qui n'arrivait jamais.

J'aurais dû épouser un ingénieur, pensa-t-elle.

Elle ne s'y habituerait jamais : tout lâcher du jour au lendemain, partir en quête de chemins sacrés, d'épées, de conversations avec des anges, remuer ciel et terre pour avancer sur le chemin de la magie. *Il a toujours eu cette manie de tout plaquer, même avant de rencontrer J.*

Elle se souvint de leur premier jour. Ils avaient passé la nuit ensemble, et au bout d'une semaine elle avait déjà installé sa planche à dessin chez Paulo. D'après leurs amis communs, Paulo était un sorcier, et, un soir, Chris avait téléphoné au pasteur de l'église protestante qu'elle fréquentait pour lui demander de prier pour elle.

Mais au cours de la première année, il n'avait pas parlé une seule fois de magie. Il travaillait dans une maison de disques, et c'était tout.

L'année suivante, pareil. Il avait seulement démissionné et était parti travailler pour un autre label.

La troisième année, il avait encore démissionné (cette manie de tout quitter !) et décidé d'écrire des émissions pour la télévision. Elle trouvait étrange de changer d'emploi tous les ans – mais il écrivait, gagnait de l'argent, et ils vivaient bien.

Jusqu'à ce que, à la fin de la troisième année, il décide – une fois de plus – de lâcher son travail. Il n'avait fourni aucune explication, juste prétexté qu'il en avait marre de ce qu'il faisait, que ça n'avançait à rien de démissionner, de troquer un emploi pour un autre. Il devait découvrir ce qu'il voulait vraiment. Ils avaient mis un peu d'argent de côté et choisirent de partir en voyage.

En voiture, exactement comme maintenant, songea Chris.

Et ils avaient rencontré J. à Amsterdam, alors qu'ils buvaient un café au Brower Hotel en contemplant le canal Singel. Lorsqu'il l'avait vu, Paulo était devenu livide, anxieux, puis il avait fini par s'armer de courage et aller aborder ce grand monsieur en costume, aux cheveux blancs, à sa table. Ce soir-là, quand ils s'étaient retrouvés seuls elle et lui, il avait bu une bouteille de vin entière et, une fois soûl – il ne tenait pas l'alcool –, il lui avait finalement raconté que, pendant sept années, il s'était consacré à l'apprentissage de la magie (elle le savait déjà, leurs amis l'ayant évoqué). Pourtant, pour une raison qu'il n'avait pas expliquée – malgré ses questions répétées –, il avait tout abandonné.

« Mais j'ai eu la vision de cet homme, il y a deux mois, dans le camp de concentration de Dachau », avait-il révélé, en parlant de J.

Elle se souvenait très bien de ce jour-là. Paulo avait beaucoup pleuré, dit qu'il entendait un appel, mais qu'il ne savait pas comment y répondre.

« Est-ce que je dois retourner à la magie ? lui avait-il demandé.

— Oui », avait-elle répondu, sans savoir au juste ce qu'elle disait.

Depuis cette rencontre avec J., tout avait changé. Des rituels, des exercices, des entraînements. De longs voyages avec J., sans jamais aucune date précise de retour. De longues rencontres avec des hommes étranges et de belles femmes, tous auréolés d'une sensualité intense et vibrante. Des défis et des épreuves, de longues nuits blanches et d'interminables weekends enfermé à la maison. Mais Paulo était bien plus heureux – il ne démissionnait plus tous les quatre matins. Ils avaient créé une petite maison d'édition ensemble, et il était parvenu à réaliser un vieux rêve : écrire des livres.

Une station-service apparut enfin. Une jeune femme aux traits indigènes vint les rejoindre. Paulo et Chris descendirent pour se dégourdir les jambes pendant qu'elle faisait le plein.

Paulo attrapa la carte et vérifia l'itinéraire. Ils étaient sur la bonne route.

Ça y est, il s'est détendu. Il va me parler, songea-t-elle.

— J. t'a envoyé rencontrer ton ange *ici* ? lui demanda-t-elle en prenant des pincettes.

— Non.

Super, il m'a répondu, se réjouit-elle en observant la végétation luxuriante. Le soleil commençait à tomber. Si elle n'avait pas regardé la carte à plusieurs reprises, elle aurait pensé, elle aussi, qu'ils s'étaient trompés de chemin. Leur destination devait être à moins de dix kilomètres, et le décor semblait montrer qu'ils en étaient encore loin, très loin.

— J. ne m'a pas dit de venir ici en particulier, reprit Paulo. N'importe quel endroit aurait convenu. Mais ici j'ai un contact, tu comprends ?

Bien sûr qu'elle comprenait. Paulo avait toujours des contacts. Il parlait de ces gens-là comme des membres de la Tradition ; mais elle, quand elle écrivait dans son journal, elle appelait ça la « Conspiration ». Il existait bien plus de magiciens et de sorciers que les gens ne l'imaginaient.

— Quelqu'un qui communique avec les anges ?

— Je n'en suis pas sûr. Un jour J. a évoqué, très rapidement, un maître de la Tradition qui vit ici et qui en est capable. Mais ce n'est peut-être qu'une rumeur.

Il disait sans doute vrai. Mais Chris savait qu'il pouvait avoir tiré au sort un endroit, un des nombreux endroits où il avait des « contacts ». Un endroit où il pourrait s'éloigner suffisamment du quotidien pour se concentrer davantage sur l'Extraordinaire.

— Et comment vas-tu parler avec ton ange gardien ?

— Je n'en sais rien.

Quelle étrange façon de vivre, songea-t-elle. Elle suivit son mari des yeux, tandis qu'il allait payer la note auprès de la jeune femme indigène. Il savait juste qu'il devait parler avec les anges, et c'était tout ! Lâcher tout ce qu'il était en train de faire, sauter dans un avion, faire douze heures de vol jusqu'à Los Angeles, six heures de route jusqu'à cette pompe à essence, s'armer de la patience nécessaire pour rester quarante jours ici, tout ça pour communiquer – ou plutôt, pour essayer de communiquer – avec son ange gardien !

Il lui sourit, et elle lui sourit en retour. En fin de compte, ce n'était pas si mal. Ils avaient leurs ennuis quotidiens, des factures à payer, des chèques à faire, des visites de courtoisie à subir, des choses difficiles à encaisser.

Mais ils croyaient encore aux anges.

— On va y arriver.

— Merci pour le « on », répondit-il, mais le mage ici, c'est moi.

✧ ✧ ✧

La jeune femme de la station-service leur avait confirmé qu'ils étaient sur la bonne route. Ils roulèrent encore dix minutes, radio éteinte cette fois. Une petite côte se dressait devant eux, mais ce n'est qu'en arrivant au sommet, en voyant le paysage qu'ils surplombaient, qu'ils prirent la mesure de la hauteur à laquelle ils étaient. Ils venaient de passer les six dernières heures à monter lentement, sans s'en rendre compte.

Mais ils étaient arrivés.

Il gara la voiture sur le bas-côté et coupa le moteur. Elle regarda en arrière, pour vérifier qu'elle ne rêvait pas : oui, elle pouvait encore voir des arbres verts, des plantes, de la végétation.

Et devant elle, à perte de vue, s'étendait le Mojavc. Cet immense désert qui chevauche quatre États américains et s'étend jusqu'au Mexique, ce désert qu'elle avait vu tant de fois, enfant, dans les westerns, et qui compte des endroits aux noms aussi étranges que Canyon de l'Arc-en-Ciel ou Vallée de la Mort.

C'est rose, se dit Chris. Mais elle resta silencieuse. Elle fixait cette immensité, peut-être pour tenter de découvrir où habitaient les anges.

De la place principale, on pouvait voir le début et la fin de Borrego Springs. Pourtant, la petite ville comptait trois hôtels. En hiver, les touristes venaient s'y rappeler que le soleil existe.

Ils laissèrent leurs bagages dans la chambre et allèrent dîner dans un restaurant mexicain. Le serveur qui les accueillit resta un moment près d'eux pour tenter de comprendre quelle langue ils parlaient et, n'y arrivant pas, finit par le leur demander. En apprenant qu'ils venaient du Brésil, il dit n'avoir jamais rencontré un seul Brésilien.

— Et maintenant j'en connais deux, plaisanta-t-il.

Le lendemain, probablement, la ville tout entière le saurait. Il n'y avait pas souvent de nouveauté à Borrego Springs.

Ils finirent de manger et allèrent se promener, main dans la main, aux alentours de la ville. Paulo voulait fouler le sol du désert, sentir le Mojave, en respirer l'air. Ils finirent par s'engager sur une piste jonchée de cailloux et de rochers ; au bout d'une demi-heure de marche, en se tournant vers l'est, ils virent au loin les rares lumières de Borrego Springs.

Ici, ils pouvaient mieux contempler le ciel. Ils s'allongèrent par terre et firent des vœux aux étoiles filantes. La lune était absente et les constellations brillaient.

— Tu as déjà eu la sensation, à certains moments de ta vie, que quelqu'un te regardait ? demanda Paulo à Chris.

— Comment le sais-tu ?

— Je le sais, c'est tout. C'est dans ces moments que, sans en avoir conscience, nous remarquons la présence des anges.

Chris se souvint de son adolescence. À cette époque, cette sensation était beaucoup plus forte.

— Dans ces moments-là, reprit-il, on se met à créer une sorte de film, dont on est le personnage principal, et à agir comme si quelqu'un nous surveillait.

» Mais au fur et à mesure qu'on grandit, on commence à trouver que c'est ridicule. Que ça ressemble au rêve d'un enfant désirant être acteur ou actrice de cinéma. On oublie que, quand on jouait pour une assemblée invisible, la sensation d'être vu était très forte.

Il resta silencieux un instant.

— Quand je regarde le ciel, cette sensation revient très souvent, et, avec elle, la même question : qui nous surveille ?

— Et qui nous surveille ? demanda-t-elle.

— Des anges. Les messagers de Dieu.

Elle gardait les yeux rivés au ciel. Elle voulait y croire.

— Toutes les religions et toutes les personnes qui ont vu l'Extraordinaire parlent des anges, poursuivit Paulo. L'Univers est peuplé d'anges. Ce sont eux qui nous apportent l'espoir, comme celui qui a annoncé aux bergers qu'un messie était né. Ils apportent aussi la mort, comme l'ange exterminateur qui a parcouru l'Égypte et tué ceux qui n'avaient pas le signe sur leur porte. Ce sont eux qui peuvent nous refuser l'entrée du Paradis, avec leur épée de feu à la main. Ou bien ils peuvent nous y inviter, comme un ange l'a fait avec Marie.

» Les anges brisent les sceaux des livres interdits, font sonner les trompettes du Jugement dernier. Ils apportent la lumière, comme Michel, ou les ténèbres, comme Lucifer.

Chris s'arma de courage et posa une question :

— Est-ce qu'ils ont des ailes ?

— Je n'ai encore jamais vu d'ange. Mais moi aussi je voudrais le savoir. Et je l'ai demandé à J.

Super, se réjouit-elle. Elle n'était pas la seule à vouloir savoir des choses simples sur les anges.

— J. m'a expliqué qu'ils prennent la forme qu'on imagine. Parce qu'ils sont la pensée vive de Dieu, et qu'ils doivent s'adapter à notre sagesse et à notre compréhension. Ils savent que, sans ça, nous ne réussirions pas à les voir.

Paulo ferma les yeux.

— Imagine ton ange et tu sentiras sa présence, conclut-il.

Ils laissèrent le silence s'installer, allongés dans le désert. Ils n'entendaient aucun bruit, et Chris eut l'impression de replonger dans le film de son adolescence, quand elle jouait devant une assemblée invisible. Plus elle se concentrait, plus elle était sûre qu'il existait, autour d'elle, une présence forte, amicale et généreuse. Elle se mit à imaginer son ange gardien, exactement comme dans les gravures de son enfance : avec une tenue bleue, des cheveux dorés et d'immenses ailes blanches.

Paulo aussi imaginait son ange. Il avait déjà pénétré à de nombreuses reprises le monde invisible qui l'entourait, ce n'était donc pas une nouveauté pour lui. Mais désormais, depuis que J. lui avait confié cette mission, il sentait que son ange était bien plus présent – comme si les êtres angéliques se manifestaient seulement à ceux qui croient en leur existence. Même si, en dépit des croyances des uns et des autres, ils étaient toujours là – messagers de la vie, de la mort, de l'Enfer et du Paradis.

Il vêtit son ange d'une longue robe brodée d'or, et le dota d'ailes.

Le garde qui prenait son petit déjeuner à la table voisine se tourna vers eux.

— N'allez plus dans le désert la nuit.

C'est vraiment une toute petite ville. Tout se sait, songea Chris.

— Le désert est plus dangereux la nuit, poursuivit l'homme. C'est le moment où sortent les coyotes et les serpents. Ils ne supportent pas la chaleur du jour et vont chasser quand le soleil se couche.

— Nous voulions contempler nos anges, répondit Paulo.

L'homme pensa qu'il ne parlait pas bien anglais. Sa phrase n'avait pas de sens : des « anges » ! Sans doute avait-il voulu dire autre chose.

Ils se dépêchèrent de terminer leur café. Le « contact » leur avait donné rendez-vous très tôt.

Lorsqu'elle vit Took pour la première fois, Chris fut surprise : c'était un gamin, il ne devait pas avoir plus de vingt ans. Il vivait dans une caravane plantée en plein désert, à quelques kilomètres de Borrego Springs.

— Lui, un maître de la « Conspiration » ? murmura-t-elle à Paulo quand le garçon entra pour aller chercher du thé glacé.

Mais il revint avant qu'elle puisse obtenir une réponse. Ils s'assirent sous une bâche tendue sur le côté du véhicule, qui servait de « terrasse ».

Paulo et Took parlèrent de rituels templiers, de réincarnation, de magie soufie, des voies de l'Église catholique en Amérique latine. Le garçon semblait posséder une vaste culture, et assister à leur discussion était assez drôle : on aurait dit des aficionados discutant d'un sport très populaire, défendant telle tactique et critiquant telle autre.

Ils parlèrent de tout – sauf des anges.

Le soleil se mit à chauffer, et ils reprirent du thé tandis que Took, toujours rieur, leur vantait la vie dans le désert – même si, les prévint-il, les novices ne devaient jamais s'y aventurer de nuit (le garde avait raison). Ils devaient également éviter les heures les plus chaudes du jour.

— Un désert est fait de matins et de fins d'après-midi. Le reste est risqué.

Chris suivit la discussion pendant un long moment. Mais elle s'était réveillée très tôt, la clarté du soleil était de plus en plus forte, et elle décida de fermer un peu les yeux pour faire un petit somme.

Quand elle se réveilla, le bruit des voix venait d'ailleurs. Les deux hommes étaient à l'arrière de la caravane.

— Pourquoi as-tu emmené ta femme ? entendit-elle Took demander tout bas.

— Parce que j'allais dans le désert, répondit Paulo, tout aussi bas.

Took se mit à rire.

— Tu perds le meilleur du désert. La solitude.

(*Mais de quoi il se mêle ?* songea Chris.)

— Parle-moi d'elles, dit Paulo.

— Elles t'aideront à voir ton ange, continua l'Américain.

(*D'autres femmes. C'était toujours comme ça : d'autres femmes !*)

— Ce sont elles qui me l'ont enseigné. Mais les Valkyries sont jalouses et dures. Elles s'efforcent de suivre les lois angéliques et au royaume des anges, tu le sais bien, il n'existe ni Bien ni Mal.

— Pas de la façon dont on le conçoit.

C'était la voix de Paulo. Chris ignorait ce que « Valkyries » signifiait. Elle se rappelait vaguement avoir entendu ce nom dans le titre d'une pièce de musique.

— Ça a été difficile de voir ton ange gardien ?

— Le mot juste serait plutôt “douloureux”. C'est arrivé tout d'un coup, à l'époque où les Valkyries passaient par ici. J'avais décidé d'apprendre ce procédé pour me divertir, parce qu'à l'époque je ne comprenais pas encore la langue du désert et que tout m'ennuyait.

» Mon ange est apparu sur cette troisième montagne. J'étais là-bas, la tête ailleurs, en train d'écouter de la musique sur un Walkman. À cette époque, je maîtrisais complètement la pensée involontaire. Aujourd'hui, je suis plus distrait.

(*Que pouvait bien être la « pensée involontaire » ?*)

— Ton père t'avait appris quelque chose à ce sujet ?

— Non. Et quand je lui ai demandé pourquoi il ne m'avait pas parlé des anges, il m'a répondu que certaines choses sont si importantes qu'on doit les découvrir tout seul.

Ils gardèrent un instant le silence.

— Si tu trouves les Valkyries, il y a quelque chose qui facilitera le contact, indiqua le garçon.

— C'est quoi ?

Took eut un franc éclat de rire.

— Tu le découvriras. Mais tu aurais vraiment mieux fait de venir sans ta femme.

— Ton ange avait des ailes ?

Avant que Took puisse répondre, Chris s'était levée de sa chaise de camping, avait contourné la caravane et s'était postée devant eux.

— Pourquoi insiste-t-il sur le fait que tu serais mieux tout seul ? interrogea-t-elle, en portugais. Tu veux que je m'en aille ?

Took continua de discuter avec Paulo, sans prêter la moindre attention à ce qu'elle disait. Elle attendit la réponse de Paulo – mais elle avait l'impression d'être devenue invisible.

— Donne-moi la clé de la voiture, exigea-t-elle, quand elle fut à bout de patience.

— Que veut ta femme ? demanda enfin Took.

— Elle voudrait savoir ce qu'est la « pensée involontaire ».

(*Mince ! Neuf ans de couple, et l'autre arrive à savoir à quel moment on s'est réveillé !*)

Le garçon se leva et la regarda.

— Mon nom est Took – « prit », en anglais. Ce n'est pas Gave – « donna ». Mais tu es une femme pleine de beauté.

Le compliment apaisa Chris. Le garçon semblait savoir comment s'adresser aux gens, malgré son jeune âge.

— Assieds-toi, ferme les yeux, je vais te montrer.

— Je ne suis pas venue dans le désert pour apprendre la magie ni pour parler avec les anges, rétorqua Chris, mais pour accompagner mon mari.

— Assieds-toi, insista Took en riant.

Elle lança un regard à Paulo, sans parvenir à comprendre ce qu'il pensait de cette proposition.

Je respecte leur monde, mais ce n'est pas le mien, songea-t-elle. Même si tous ses amis croyaient qu'elle avait embrassé le style de vie de son mari, en réalité ils en parlaient très peu. Elle l'accompagnait souvent dans différents endroits, elle avait porté son épée une fois lors d'une cérémonie, elle connaissait le Chemin de Compostelle[4] et elle avait – par la force des circonstances – appris des notions de magie sexuelle. Mais c'était tout !

J. ne lui avait jamais fait une telle proposition : lui enseigner quelque chose.

Elle se tourna vers Paulo :

— Qu'est-ce que je fais ?

— C'est toi qui décides, lui répondit-il.

Je l'aime, se dit-elle. Apprendre quelque chose sur son monde, assurément, la rapprocherait de lui. Elle se dirigea vers la chaise de camping, s'assit et ferma les yeux.

— À quoi penses-tu ? lui demanda Took.

— À ce dont vous parliez. Paulo voyageant seul. La pensée involontaire. Ton ange gardien – est-ce qu'il avait des ailes ? À pourquoi tout ça m'intéresse autant. En fin de compte, je crois que je n'ai jamais parlé des anges avec personne.

— Non, non. Je veux savoir s'il y a autre chose dans ta tête. Quelque chose que tu ne contrôles pas.

Elle sentait ses mains toucher chaque côté de sa tête.

— Détends-toi, détends-toi – le son de sa voix s'était adouci. À quoi penses-tu ?

Il y avait des sons. Et des voix. Elle ne se rendait compte que maintenant de ce qui habitait ses pensées, même si c'était présent quasiment depuis le début de la journée.

— Une chanson. Je la chante sans arrêt depuis que je l'ai entendue hier à la radio, sur la route pour venir ici.

Oui, elle la chantait en boucle, elle commençait et terminait, commençait et terminait de nouveau. Elle n'arrivait pas à se l'ôter de la tête.

Took lui demanda de réouvrir les yeux.

— C'est ça la pensée involontaire. C'est elle qui chante cette chanson. Ça pourrait être un souci, à la place. Ou, si tu étais amoureuse, tu pourrais avoir là-dedans la personne avec qui tu aimerais être, ou que tu souhaiterais oublier. Mais la pensée involontaire n'est pas facile : elle travaille indépendamment de ta volonté.

Il se tourna vers Paulo et plaisanta.

— Une chanson ! Comme nous, notre pensée involontaire est tout le temps pleine de musique !

Les femmes devraient toujours être amoureuses, pas avoir la tête pleine de chansons ! Tu n'as jamais eu d'amours emprisonnés dans la tête ?

Les deux hommes s'esclaffèrent.

— Ce sont les pires amours, des amours terribles ! poursuivit Took, sans pouvoir s'empêcher de pouffer. Tu pars en voyage, tu essaies d'oublier, mais la pensée involontaire passe son temps à te souffler : « Il ou elle adorerait ça ! » ou « Oh la la, ce serait tellement bien qu'il ou elle soit là ! ».

Ils riaient aux éclats. Chris ignora la plaisanterie. Elle était surprise : elle n'avait jamais pris le temps de penser à ça.

Elle avait deux modes de pensée. Qui marchaient en même temps.

Took avait repris son sérieux et sa place à côté d'elle.

— Ferme encore les yeux. Et pense à l'horizon autour de nous.

Elle essaya de l'imaginer. Mais elle se rendit compte qu'elle n'y avait pas prêté attention.

— Je n'y arrive pas, dit-elle les yeux fermés. Je ne l'ai pas vraiment regardé. Je sais que l'horizon est là, mais je ne m'en souviens pas en détail.

— Ouvre les yeux. Et observe-le.

Chris obtempéra. Elle vit des montagnes, des rochers, des pierres, une végétation rase et éparse. Et un soleil qui brillait de plus en plus fort, qui semblait traverser ses lunettes de soleil et lui brûler les yeux.

— Tu es là, reprit Took d'une voix très sérieuse. Essaye de saisir que tu es ici, et que les choses qui t'entourent te transforment, de la même façon que tu les transformes.

Chris fixait le désert.

— Pour pénétrer le monde invisible, développer tes pouvoirs, tu dois vivre dans le présent, *ici et maintenant.* Pour vivre dans le présent, tu dois contrôler la pensée involontaire. Et regarder l'horizon.

Le garçon lui demanda de se concentrer sur la chanson qu'elle chantait sans le vouloir (c'était *When I Fall in Love.* Elle ne connaissait pas toutes les paroles, alors elle en inventait une partie ou se bornait à faire la-la-la-la).

Chris se concentra. Et très vite la musique disparut. Elle était à présent totalement alerte, attentive aux paroles de Took.

Mais il semblait n'avoir plus rien à ajouter.

— J'ai besoin d'être seul maintenant. Revenez dans deux jours.

Ils se réfugièrent dans l'air conditionné de la chambre du motel, n'ayant pas le courage d'affronter les 50 °C de midi. Aucun livre, rien d'intéressant à faire. Juste tuer le temps, essayer de dormir, sans succès.

— Allons découvrir le désert, proposa Paulo.

— Il fait très chaud. Took a dit que c'était dangereux. On ira demain.

Il ne répondit pas. Elle était sûre qu'il essayait de changer cet enfermement forcé en une sorte d'apprentissage. Il cherchait un sens à tout ce qui se passait dans sa vie et ne parlait que pour décharger les tensions.

Mais c'était impossible : tenter de donner du sens à tout revenait à se tenir sur le qui-vive et être sous tension en permanence. Paulo ne se détendait jamais, et elle se demanda quand est-ce qu'il serait fatigué de tout ça.

— Qui est Took ?

— Son père est un puissant mage qui veut perpétuer la tradition dans la famille, un peu comme les pères ingénieurs veulent que leur fils suive leurs pas.

— Il est jeune et il veut se comporter comme s'il était vieux. Il est en train de gâcher les meilleures années de sa vie dans le désert.

— Tout a un prix. Si Took arrive à traverser tout ça sans renoncer à la Tradition, il sera le premier d'une lignée de maîtres plus jeunes, intégrés dans un monde que les plus vieux, même s'ils le comprennent, ne savent plus expliquer.

Paulo s'allongea et se mit à lire la seule chose disponible : un *Guide d'hébergements dans le désert de Mojave*. Il ne voulait pas raconter à sa femme que Took avait une autre raison d'être ici : il était doté de capacités paranormales puissantes, préparé par la Tradition à agir tant que les portes du Paradis seraient ouvertes.

Chris avait envie de discuter. Elle se sentait angoissée d'être enfermée dans une chambre de motel, et décidée à ne pas donner « un sens à tout », comme le faisait son mari. Elle était un être humain, elle n'aspirait pas à une place dans la communauté des élus.

— Je n'ai pas compris ce que Took m'a enseigné, insista-t-elle. La solitude et le désert peuvent permettre aux gens d'avoir un immense contact avec le monde invisible. Mais je crois qu'ils nous font aussi perdre le contact avec les autres.

— Il doit avoir ses petites amies dans les parages, répondit Paulo pour clore la conversation.

Si je dois passer trente-neuf jours de plus enfermée avec lui, je me suicide, se promit Chris.

L'après-midi, ils allèrent dans un snack-bar de l'autre côté de la rue. Paulo choisit une table près de la fenêtre.

— Je veux que tu regardes attentivement les personnes qui passent, demanda-t-il à Chris.

Ils commandèrent d'immenses glaces. Elle venait de passer plusieurs heures à prêter attention à sa pensée involontaire et réussissait bien mieux à la maîtriser. Son appétit, cependant, était toujours hors de contrôle.

Elle suivit le souhait de Paulo. En presque une demi-heure, seules cinq personnes passèrent devant la fenêtre.

— Qu'est-ce que tu as vu ?

Elle les décrivit en détail : vêtements, âge approximatif, accessoires. Mais, manifestement, ce n'était pas ce qu'il voulait savoir. Il insista un peu, tenta de lui arracher une meilleure réponse, sans succès.

— Très bien, finit-il par dire, déclarant forfait. Je vais te dire ce que je voulais que tu remarques : tous les gens qui sont passés dans la rue regardaient légèrement vers le bas.

Ils attendirent un peu qu'une autre personne arrive. Paulo avait raison.

— Took t'a demandé de regarder l'horizon. Fais-le.

— Qu'est-ce que ça veut dire ?

— Nous tous, humains comme animaux, créons une sorte d'« espace magique » autour de nous. En général c'est un cercle de cinq mètres de rayon ; et nous remarquons tout ce qui y entre. Peu importe si ce sont des personnes, des tables, des téléphones ou des vitrines : nous essayons de garder le contrôle de ce petit monde que nous créons nous-mêmes.

» Les mages, cependant, regardent toujours au loin. Ils agrandissent cet "espace magique" et tentent de contrôler beaucoup d'autres choses. Ils appellent ça *regarder l'horizon.*

— Et pourquoi dois-je le faire ?

— Parce que tu es ici. Fais-le et tu verras comme les choses changeront.

Quand ils sortirent, elle fixa son attention sur ce qui était au loin. Elle découvrit les montagnes, les rares nuages qui ne surgissaient que lorsque le soleil se couchait et – étrange sensation – elle avait l'impression de voir l'air autour d'elle.

— Tout ce que dit Took est important. Il a déjà vu et parlé avec son ange, et il va passer par toi pour me l'enseigner. Mais il connaît le pouvoir des mots ; il sait que les conseils qui ne sont pas entendus retournent à la personne qui les a donnés et perdent leur énergie. Il doit avoir la certitude que ce qu'il dit t'intéresse.

— Pourquoi ne te le montre-t-il pas directement ?

— Parce qu'il existe une règle tacite dans la Tradition : un maître n'enseigne jamais au disciple d'un autre maître. Et je suis le disciple de J. Mais il veut m'aider. Alors il t'a choisie pour ça.

— C'est pour ça que tu m'as emmenée ici ?

— Non. C'est parce que j'avais peur d'être seul dans un désert.

Il aurait pu répondre que c'était par amour, songea-t-elle pendant qu'ils se baladaient en ville. Ça aurait été la véritable réponse.

Ils arrêtèrent la voiture au bord de la petite route de terre battue. Took avait dit de toujours regarder l'horizon. Deux jours avaient passé, ils allaient le retrouver ce soir – et elle s'en réjouissait.

Mais c'était encore le matin. Et les journées dans le désert sont longues.

Elle regarda, une fois de plus, l'horizon : des montagnes qui avaient surgi subitement, quelques millions d'années plus tôt, et qui traversaient le désert en une large cordillère. Bien que ces tremblements de terre soient très anciens, aujourd'hui encore on pouvait voir comment le sol avait été déchiré : il montait, lisse, sur une bonne partie du relief, jusqu'à un endroit précis où il s'ouvrait en une sorte de blessure, dont jaillissaient des roches se projetant vers le ciel.

Entre les montagnes et la voiture, il y avait le vallon pierreux à la végétation rase, les épineux, les yuccas, les cactus, la vie qui s'obstinait à apparaître dans un environnement qui ne la désirait pas. Et une immense tache blanche, de la taille de cinq stades de football, se détachait au milieu de tout ça. Elle brillait sous le soleil du matin comme un champ enneigé.

— C'est du sel. Un lac de sel.

Oui. Ce désert, par le passé, avait aussi été une mer. Une fois par an, les mouettes de l'océan Pacifique parcouraient des centaines de kilomètres à l'intérieur des terres pour atteindre ce site et y manger une espèce de crevette qui apparaissait avec l'arrivée des pluies. L'homme oublie ses origines ; la nature, jamais.

— Ça doit être à cinq kilomètres environ, évalua Chris.

Paulo consulta sa montre. Il était encore tôt. Ils regardaient l'horizon, et l'horizon leur montrait un lac de sel. Une heure de marche pour y aller, une autre pour revenir, sans risquer un soleil trop brûlant.

Ils accrochèrent chacun une gourde d'eau à leur ceinture. Paulo prit des cigarettes et une bible dans son petit sac. Une fois arrivés là-bas, il proposerait d'en lire un passage, au hasard.

Ils se mirent en route. Chris gardait aussi souvent que possible son regard fixé sur l'horizon. C'était tellement simple, et pourtant quelque chose d'étrange était en train de se produire : elle se sentait plus grande, plus libre, comme si son énergie intérieure avait augmenté. Pour la première fois en de nombreuses années, elle regretta de ne pas côtoyer plus intensément la « Conspiration » de Paulo – elle avait toujours imaginé des rituels bien plus difficiles, que seules des personnes bien préparées et très disciplinées parvenaient à réaliser.

Ils marchèrent sans hâte, pendant une demi-heure. Le lac semblait avoir changé de place : il était toujours à la même distance.

Ils marchèrent une heure de plus. Ils avaient déjà dû parcourir près de sept kilomètres et le lac était juste « un tout petit peu » plus près.

Il n'était plus si tôt. Le soleil commençait à chauffer sérieusement.

Paulo regarda en arrière. La voiture était encore visible, c'était un point minuscule, rouge, mais encore visible – impossible de se perdre. Mais en la voyant, il comprit quelque chose d'important.

— On va s'arrêter là.

Ils s'écartèrent un peu du chemin pour s'approcher d'un rocher, auquel ils se collèrent : il n'y avait presque pas d'ombre. Dans le désert, l'ombre n'existait que tôt le matin ou tard l'après-midi, au pied des rochers.

— On s'est trompés.

Chris l'avait déjà remarqué. Et cela l'intriguait : Paulo avait l'habitude de calculer des distances, or il avait acquiescé aux cinq kilomètres qu'elle avait annoncés.

— Je sais pourquoi on s'est trompés, continua-t-il. Parce que rien, dans le désert, ne nous permet d'établir des comparaisons. En général, on calcule la distance grâce à la taille des choses. On connaît la taille approximative d'un arbre. Ou d'un poteau. Ou d'une maison. Ces repères nous aident à savoir si les choses sont lointaines ou proches.

Mais, ici, ils n'avaient aucun point de référence. C'étaient des pierres qu'ils n'avaient jamais vues, des montagnes dont ils ignoraient la taille, et une végétation rase. Paulo s'en était rendu compte en voyant la voiture. Il connaissait la taille d'une voiture. Et il savait qu'ils avaient déjà parcouru plus de sept kilomètres.

— On va se reposer un peu et faire demi-tour.

Peu importe, se dit-elle. Elle était fascinée par l'idée de fixer l'horizon. C'était une expérience complètement nouvelle dans sa vie.

— Cette histoire de regard, Paulo…

Il attendit qu'elle continue. Il savait qu'elle avait peur de dire des bêtises, d'inventer des significations ésotériques, comme le faisaient nombre de personnes liées à l'occultisme.

— On dirait… je ne sais pas comment l'expliquer… que mon âme a grandi.

Oui, songea Paulo. *Elle est sur la bonne voie.*

— Avant, quand je regardais au loin, c'était vraiment « loin », tu comprends ? Comme si ça ne faisait pas partie de mon monde. Parce que le plus souvent je regardais tout près, autour de moi.

» Et puis, il y a deux jours, je me suis mise à regarder dans la distance. Et j'ai compris que, en plus des tables, des chaises, des objets, mon monde incluait des montagnes, des nuages, le ciel. Et mon âme… mon âme semble utiliser mes yeux pour toucher ces choses !

Dis donc ! Elle a très bien réussi à l'expliquer !

— Mon âme semble avoir grandi, répéta Chris.

Il ouvrit le sac, en sortit son paquet de cigarettes et en alluma une.

— C'est à la portée de n'importe qui. Mais on regarde toujours tout près, vers le bas et vers l'intérieur. Alors, pour reprendre tes propres mots, notre pouvoir diminue et notre âme se rétrécit.

« Parce qu'elle n'englobe rien d'autre que nous-même. Elle ne contient aucune mer, aucune montagne, personne, pas même les murs des lieux où nous vivons. »

Paulo aimait l'expression « mon âme a grandi ». S'il avait discuté avec un occultiste orthodoxe, il aurait sans doute entendu des explications plus compliquées, comme « ma conscience s'est dilatée ». Mais le terme que sa femme avait employé était beaucoup plus juste.

Sa cigarette était terminée. S'obstiner à aller jusqu'au lac n'en valait plus la peine ; la température allait bientôt avoisiner les 50 °C à l'ombre. La voiture était loin, mais visible, et en une heure et demie de marche, ils l'atteindraient.

Ils se remirent en route. Ils étaient entourés par le désert, par l'immense horizon, et la sensation de liberté grandissait dans leur âme.

— Déshabillons-nous.

— Mais quelqu'un pourrait nous voir, répliqua machinalement Chris.

Paulo se mit à rire. Ils pouvaient embrasser tous les alentours du regard. La veille, quand ils s'étaient promenés le matin puis l'après-midi, seules deux voitures étaient passées – et ils les avaient entendues bien avant de les distinguer. Le désert n'était que soleil, vent et silence.

— Seuls nos anges nous regardent. Et ils nous ont vus nus de nombreuses fois.

Il ôta son bermuda, son tee-shirt, sa gourde, et fourra le tout dans le sac qu'il portait.

Chris se retint de rire et en fit de même. Dans le désert de Mojave marchaient deux personnes en tennis, casquettes et lunettes de soleil – l'une d'entre elles portant un sac bien rempli. Si quelqu'un les avait aperçus, il aurait trouvé la scène très drôle.

Ils marchèrent une demi-heure. La voiture était un point à l'horizon, cependant, à l'inverse du lac, elle grandissait à mesure qu'ils s'en approchaient. Ils y seraient sous peu.

Mais soudain, elle éprouva une immense mollesse.

— Reposons-nous un peu, demanda-t-elle.

Paulo s'arrêta presque aussitôt.

— Je n'en peux plus de porter tout ce poids, se plaignit-il. Je suis fatigué.

Comment était-ce possible ? L'ensemble, en comptant les deux gourdes d'eau, ne devait pas peser plus de trois kilos.

— Il faut le porter. L'eau est dedans.

Oui, il le fallait.

— Alors repartons tout de suite, grommela-t-il, de mauvaise humeur.

C'était si romantique il y a quelques minutes, songea-t-elle. Et maintenant il était de mauvaise humeur. Mais elle s'en fichait – elle n'avait pas l'énergie d'en tenir compte.

Ils marchèrent encore un peu et cette sensation de mollesse augmenta. Pourtant, elle n'allait faire aucun commentaire – elle ne voulait pas l'énerver davantage.

Quel idiot, pensa-t-elle à nouveau. *Prendre la mouche au milieu d'une telle beauté, et juste après avoir parlé de sujets aussi intéressants que...*

Elle n'arrivait plus à s'en souvenir, mais peu importait. Désormais, elle se sentait aussi trop molle pour penser.

Paulo s'arrêta et posa le sac par terre.

— Reposons-nous.

Il n'avait plus l'air énervé. Il devait être envahi de paresse lui aussi. Comme elle.

Il n'y avait aucune ombre. Mais elle aussi avait besoin de se reposer.

Ils s'assirent sur le sol brûlant. Le fait d'être nus et de sentir le sable leur brûler la peau leur importait peu. Ils avaient besoin de faire une pause. Une petite pause.

Elle parvint à se souvenir de ce dont ils discutaient : les horizons. Elle remarqua qu'en cet instant, même sans le vouloir, elle avait cette sensation d'âme grandie. Et qu'en outre, sa pensée involontaire s'était complètement arrêtée. Elle ne pensait plus ni à des chansons ni à des choses répétitives, elle ne se demandait même plus si quelqu'un les regardait marcher nus dans le désert.

Plus rien n'avait d'importance ; elle se sentait détendue, sereine, libre.

Ils gardèrent le silence quelques minutes. Il faisait chaud, mais le soleil ne les dérangeait pas. S'il devenait trop gênant, ils avaient assez d'eau dans leurs gourdes.

Il se leva le premier.

— Je crois qu'il vaut mieux marcher. On n'est pas loin de la voiture. On se reposera là-bas, avec la clim.

Elle avait envie de dormir. Dormir rien qu'un tout petit peu. Néanmoins, elle se leva.

Ils marchèrent encore. La voiture était assez proche. À moins de dix minutes de marche.

— Puisqu'on est si près, pourquoi ne pas dormir un peu ? Juste cinq minutes.

Dormir, juste cinq minutes ? Pourquoi disait-il ça ? Avait-il lu dans ses pensées ? Avait-il sommeil, lui aussi ?

Il n'y a aucun mal à somnoler cinq minutes, songea-t-elle. Ils seraient juste bronzés. Comme s'ils étaient allés à la plage.

Ils s'assirent de nouveau. Ils marchaient depuis plus d'une heure déjà, sans compter les arrêts. Quel mal y avait-il à s'assoupir quelques instants ?

Ils entendirent une voiture. Une demi-heure plus tôt, Chris aurait sursauté et enfilé ses habits en vitesse.

Mais à présent, eh bien, ça n'avait plus la moindre importance. Personne n'était obligé de regarder. Elle n'avait pas à se justifier.

Elle voulait dormir, voilà tout.

Ils virent une camionnette apparaître sur la route, dépasser leur voiture et s'arrêter juste après. Un homme en descendit et s'en approcha. Il jeta un œil à l'intérieur et en fit le tour, examinant tout.

C'est peut-être un voleur, se dit Paulo. Il imagina l'individu prendre leur véhicule et les laisser tous les deux dans cette immensité, sans moyen d'en sortir. La clé était sur le contact – il ne l'avait pas emportée avec lui, de peur de la perdre.

Mais ils étaient au fin fond des États-Unis. À New York, peut-être, on volait les voitures, mais pas ici.

Chris regarda le désert – comme il était doré ! Une agréable sensation de repos commença à l'envahir. Le soleil ne la dérangeait pas – les gens ne savent pas à quel point le désert peut être beau pendant la journée !

Et doré ! Pas comme le désert rosé des fins d'après-midi !

L'homme cessa d'inspecter la voiture et mit ses mains en visière. Il les cherchait.

Elle était nue… et il finirait par la voir. Mais quelle importance ? Paulo n'avait pas l'air de s'en soucier non plus.

L'homme marchait à présent vers eux. Ils se sentaient de plus en plus légers et euphoriques, même si la paresse les empêchait de bouger. Le désert était doré, et beau. Et tout était tranquille, en paix – les anges, oui, les anges allaient bientôt se montrer ! C'était pour ça qu'ils étaient venus dans le désert : pour parler avec les anges !

Elle était nue, et elle n'en avait pas honte. Elle était une femme libre.

L'homme s'arrêta debout, devant eux. Il parlait une autre langue. Ils ne comprirent pas ce qu'il disait. Puis Paulo fit un effort et saisit que c'était de l'anglais. Eh oui, ils étaient aux États-Unis.

— Venez avec moi.

— On se repose, répondit Paulo. Cinq minutes.

L'homme prit le sac par terre et l'ouvrit.

— Enfilez ça, ordonna-t-il à Chris, en lui tendant ses vêtements.

Elle se leva à grand-peine et obéit. Elle n'avait pas la force de discuter.

Il demanda aussi à Paulo de s'habiller. Paulo était dans le même état que sa femme. L'homme regarda leurs gourdes pleines d'eau, en ouvrit une, remplit le petit bouchon et leur ordonna de boire.

Ils n'avaient pas soif. Mais ils s'exécutèrent. Ils étaient très calmes, totalement en paix avec le monde – et sans la moindre envie de batailler.

Ils auraient fait n'importe quoi, obéi à n'importe quel ordre, du moment qu'on les laissait tranquilles.

— Allons-y, dit l'homme.

Ils ne parvenaient plus vraiment à penser – juste à regarder le désert. Ils auraient fait tout ce que cet étranger voulait, du moment qu'il les laissait dormir après.

L'homme les accompagna jusqu'à leur voiture, les fit monter et alluma le moteur. *Où est-ce qu'il va nous emmener ?* songea Paulo. Mais il n'arrivait pas à s'inquiéter – le monde était en paix, et tout ce qu'il voulait, c'était dormir un peu.

Il se réveilla avec l'estomac retourné et une forte envie de vomir.

— Restez encore un peu tranquille.

Quelqu'un lui parlait, mais sa tête était un immense brouillard. Il se souvenait encore du Paradis doré, où tout n'était que paix et tranquillité.

Il essaya de bouger et eut l'impression que des milliers d'aiguilles se plantaient dans sa tête.

Je vais dormir encore un peu, songea-t-il. Mais il n'y arrivait pas : les aiguilles étaient toujours là. Son estomac continuait à le tourmenter.

— Je vais vomir.

Quand il ouvrit les yeux, il comprit qu'il était assis dans une sorte de supérette : il y avait plusieurs frigos, garnis de sodas, et des étagères de nourriture. En les voyant, il se sentit encore plus nauséeux. Puis il remarqua, devant lui, un homme qu'il n'avait jamais vu auparavant.

Celui-ci l'aida à se lever. Paulo s'aperçut qu'en plus des aiguilles imaginaires dans sa tête, il en avait aussi une dans le bras. Mais celle-ci était réelle.

L'homme prit la poche de la perfusion reliée à l'aiguille et l'accompagna jusqu'aux toilettes. Il vomit un peu d'eau, rien d'autre.

— Qu'est-ce qu'il se passe ? Ça veut dire quoi cette aiguille ?

C'était la voix de Chris, qui parlait en portugais. Il retourna dans la supérette : elle aussi était assise, le même sérum injecté dans la veine.

Paulo se sentait un peu mieux maintenant. Il n'avait plus besoin du soutien de l'homme.

Il aida Chris à se lever, à aller aux toilettes et à vomir à son tour.

— Je vais ramener votre voiture et récupérer la mienne, dit l'étranger. Je la laisserai au même endroit, avec la clé sur le contact. Vous demanderez à quelqu'un de vous y emmener.

Il commençait à se souvenir de ce qui s'était passé, mais la nausée revint et il dut aller vomir de nouveau.

À son retour, l'homme était déjà sorti. Ils remarquèrent alors qu'une autre personne était là – un garçon de vingt et quelques années.

— Encore une heure, indiqua ce dernier. Après la perfusion sera terminée et vous pourrez partir.

— Quelle heure est-il ?

Le garçon ne répondit pas. Paulo fit un effort pour se lever – il avait un rendez-vous et ne voulait en aucun cas le manquer.

— Je dois voir Took, souffla-t-il à Chris.

— Asseyez-vous, conseilla le garçon. Seulement quand le sérum aura fini de couler.

Tout commentaire était inutile. Il n'avait ni la force ni l'envie de marcher jusqu'à la porte.

C'est fichu pour le rendez-vous, songea-t-il. Mais à ce moment-là, rien n'avait vraiment d'importance. Moins il réfléchirait, mieux ce serait.

— Quinze minutes, dit Took. Après vient la mort, et on ne s'en rend même pas compte.

Ils étaient de nouveau dans la vieille caravane. C'était le lendemain, en fin de journée, et tout était rosé. Très différent du désert de la veille – doré, d'une paix immense, avec les vomissements et les nausées.

Ça faisait vingt-quatre heures qu'ils ne parvenaient ni à dormir ni à s'alimenter – ils vomissaient tout ce qu'ils avalaient. Mais cette étrange sensation était en train de passer.

— Heureusement que votre horizon s'était dilaté, poursuivit le jeune homme. Et que vous pensiez aux anges. Un ange est apparu.

C'est mieux de dire « L'âme a grandi », songea Paulo. En outre, l'individu qui était apparu n'était pas un ange : il avait une vieille camionnette et parlait anglais. Ce gamin voyait déjà des choses là où il n'y en avait pas.

— Allons-y tout de suite, conclut Took, en demandant à Paulo de démarrer.

Il s'assit sur le siège passager, sans la moindre gêne. Chris, tout en jurant en portugais, prit place à l'arrière.

Took se mit à donner des instructions – prends ce chemin ici, continue par là, roule un peu plus vite pour que la voiture refroidisse bien, éteins la clim pour ne pas faire chauffer le moteur. Ils quittèrent à plusieurs reprises les pistes de terre précaires pour s'enfoncer dans le désert. Mais Took savait tout, il ne commettait pas d'erreurs comme eux.

— Que s'est-il passé hier ? demanda Chris pour la énième fois.

Elle savait que Took faisait durer le suspense ; il avait déjà vu son ange gardien, certes, mais là il agissait comme n'importe quel garçon de son âge.

— Une insolation, finit-il par répondre. Vous n'avez jamais vu ça dans les films sur le désert ?

Bien sûr que si. Des hommes assoiffés se traînant sur le sable en quête d'un peu d'eau.

— Mais nous n'avions pas soif. Nos gourdes étaient pleines d'eau.

— Je ne parle pas de ça, la coupa l'Américain. Mais des vêtements.

Les vêtements ! Les Bédouins avec leurs longues tenues, et différentes couches de tissus superposées. Mais oui, comment avons-nous pu être aussi bêtes ? songea Paulo. Il avait déjà entendu quelque chose à ce sujet, il était déjà allé dans trois autres déserts… et jamais il n'avait eu envie d'ôter ses vêtements. Mais là, la veille au matin, après la frustration du lac qui s'éloignait toujours… *Comment ai-je pu avoir une idée aussi idiote ?*

— Dès que vous vous êtes déshabillés, l'eau de vos corps a commencé à s'évaporer. Impossible de suer avec ce climat complètement sec. En quinze minutes, vous étiez déjà déshydratés. Aucune sensation de soif ni rien… juste une légère impression de désorientation.

— Et la fatigue ?

— La fatigue, c'est la mort qui approche.

Je n'ai même pas remarqué que c'était la mort, se dit Chris. Si un jour elle devait choisir une manière douce de quitter ce monde, elle reviendrait marcher nue dans le désert.

— La plupart des gens qui meurent dans le désert ont une gourde pleine d'eau sur eux. La déshydratation est si rapide qu'on a l'impression d'avoir avalé une bouteille entière de whisky ou un cachet de calmant très fort.

Took leur demanda de boire de l'eau sans cesse, désormais – même s'ils n'avaient pas soif, parce que l'eau doit être dans le corps.

— Mais un ange est apparu, conclut-il.

Avant que Paulo puisse dire ce qu'il en pensait, Took lui indiqua de s'arrêter près d'une colline.

— On va descendre ici et faire le reste du chemin à pied.

Ils s'engagèrent sur un petit sentier menant au sommet. Dès le début, Took se souvint qu'il avait oublié sa lampe dans la voiture. Il fit demi-tour, la prit et resta un instant assis sur le capot, les yeux dans le vide.

Chris a raison ; la solitude fait du mal aux gens. Il se comporte vraiment bizarrement, pensa Paulo en regardant le garçon plus bas.

Mais quelques secondes plus tard, le jeune homme les avait déjà rattrapés et reprenait sa place de guide.

Au bout de quarante minutes d'ascension sans difficulté particulière, ils atteignirent le sommet. La végétation y était rare, et Took leur demanda de s'asseoir face au nord. Son attitude, très expansive, avait changé : il semblait à présent plus concentré et distant.

— Vous êtes venus chercher les anges, commença-t-il, en s'asseyant à son tour.

— Moi, oui, intervint Paulo. Et je sais que tu as déjà communiqué avec ton ange gardien.

— Oublie ça. Beaucoup de gens, dans le désert, ont vu leur ange gardien ou parlé avec lui. Et beaucoup d'autres dans les villes, et sur les mers, et dans les montagnes aussi.

Sa voix dénotait une certaine impatience.

— Pensez à votre ange gardien, reprit-il. Parce que le mien est ici et je peux le voir. Ici, c'est mon endroit sacré.

Paulo comme Chris se souvinrent de leur première nuit dans le désert. Et ils imaginèrent de nouveau leurs anges, avec leurs habits et leurs ailes.

— Ayez toujours un endroit sacré. J'en ai eu plusieurs : d'abord un petit appartement, puis une place à Los Angeles, et maintenant c'est ici. Un lieu sacré ouvre une porte vers le ciel, par laquelle le ciel pénètre.

Ils observèrent l'endroit sacré de Took : des roches, un sol dur, une végétation rase. Quelques serpents et coyotes se promenaient peut-être ici la nuit.

Took semblait être en transe.

— C'est ici que j'ai réussi à voir mon ange, même si je sais qu'il est partout, que sa face est la face du désert où je vis, ou celle de la ville où j'ai vécu pendant dix-huit ans.

» J'ai communiqué avec lui parce que je croyais à son existence. Parce que j'avais l'espoir de le rencontrer. Et parce que je l'aimais.

Aucun des deux n'osa demander de quoi ils avaient parlé. Took poursuivit :

— Dans le monde invisible, il existe quatre sortes d'entités que l'on peut contacter : les élémentaires, les esprits désincarnés, les saints et les anges.

» Les élémentaires sont les vibrations des éléments de la nature… le feu, la terre, l'eau et l'air… On les contacte par le rituel. Ce sont des forces pures, comme les séismes, les éclairs ou les volcans. Nous devons les appréhender comme des "êtres", alors ils apparaissent sous la forme de lutins, de fées, de salamandres ; mais tout ce que l'homme peut faire, c'est recourir à leur pouvoir… il n'apprendra jamais rien avec les élémentaires.

Pourquoi raconte-t-il tout ça ? se demanda Paulo. *A-t-il oublié que je suis moi aussi un maître en magie ?*

Took continuait son explication :

— Les esprits désincarnés sont ceux qui errent entre une vie et une autre, et on les contacte par le biais de la médiumnité. Certains sont de grands maîtres… mais tout ce qu'ils enseignent, nous pouvons l'apprendre sur Terre, parce qu'eux aussi l'ont appris ici. Mieux vaut, donc, les laisser cheminer vers leur prochaine étape, regarder davantage notre horizon et chercher à tirer *d'ici* la sagesse qu'ils ont eux-mêmes puisée.

Paulo doit savoir tout ça, songea Chris. *Il s'adresse à moi.*

Oui, Took s'adressait à cette femme – c'est à cause d'elle qu'il était là. Il n'avait rien à enseigner à Paulo, qui avait vingt ans de plus que lui et davantage d'expérience, et qui, s'il y réfléchissait à deux fois, découvrirait tout seul la manière de parler avec son ange. Paulo était le disciple de J. – et Dieu sait combien Took avait entendu parler de J. ! Lors de leur rencontre, il avait tenté, de différentes façons, de faire parler le Brésilien, mais sa femme avait tout gâché. Il n'avait pas réussi à apprendre quoi que ce soit des techniques, des procédés, des rituels auxquels J. recourait.

Cette première rencontre l'avait profondément déçu. Il avait pensé que le Brésilien utilisait le nom de J. sans que le maître le sache. Ou qui sait, J. s'était peut-être trompé, pour la première fois, en choisissant ce disciple – et si c'était le cas, toute la Tradition allait bientôt le savoir. Mais, la nuit suivante, il avait rêvé de son ange gardien.

Et celui-ci lui avait demandé d'initier la femme au chemin de la magie. Simplement de l'initier : son mari ferait le reste.

Dans ce rêve, Took avait argué qu'il lui avait déjà enseigné ce qu'était la pensée involontaire et appris à regarder l'horizon. Son ange lui avait dit de prêter attention à l'homme, mais de s'occuper de la femme. Et il avait disparu.

Il était rompu à la discipline. À présent, il faisait ce que son ange lui avait demandé – et il espérait que cela serait observé de là-haut.

— Après les esprits désincarnés viennent les saints. Ce sont les véritables maîtres. Ils ont vécu avec nous autrefois et sont désormais près de la lumière. Le grand enseignement des saints réside dans leur vie ici, sur Terre. On y trouve tout ce qu'on doit savoir, il nous suffit de les prendre pour exemple.

— Et comment invoque-t-on les saints ? demanda Chris.

— Par la prière, répondit Paulo, en coupant la parole à Took.

Il n'était pas jaloux, même si pour lui il était clair que l'Américain voulait briller aux yeux de Chris.

Il respecte la Tradition. Il va passer par ma femme pour me l'enseigner. Mais pourquoi est-il si primaire, à répéter des choses que je sais déjà ? s'interrogea-t-il.

— Nous invoquons les saints par la prière constante, poursuivit Paulo. Et quand ils sont près de nous, tout se transforme. Les miracles surviennent.

Took nota le ton agressif du Brésilien. Mais il ne raconterait pas qu'il avait rêvé de son ange ; il ne devait des explications à personne.

— Pour finir, reprit Took, il y a les anges.

Le Brésilien ne connaissait peut-être pas cette partie, même s'il semblait en savoir un rayon sur d'autres sujets. Took marqua une longue pause. Il garda le silence, pria tout bas, se souvint de son ange, espéra qu'il écoutait le moindre de ses mots. Et il demanda à être clair parce que – ah, mon Dieu ! – c'était très, très difficile à expliquer.

— Les anges sont l'amour en mouvement. L'amour qui ne s'arrête jamais, qui lutte pour grandir, qui est au-delà du Bien et du Mal. L'amour qui dévore tout, qui détruit tout, qui pardonne tout. Les anges sont faits de cet amour et, en même temps, ils en sont les messagers. C'est l'amour de l'ange exterminateur, qui emporte un jour notre âme, et l'amour de l'ange gardien, qui la ramène. L'amour en mouvement.

— L'amour en guerre, ajouta-t-elle.

— Il n'y a pas d'amour en paix. Si l'on va dans ce sens on est perdu.

Qu'est-ce qu'un gamin comme lui comprend à l'amour ? Il vit seul, dans le désert, il n'est jamais tombé amoureux, songea Chris. Et cependant, malgré ses efforts, elle ne parvenait pas à se souvenir d'un seul moment où l'amour lui avait apporté la paix. Il avait toujours été accompagné de tourments et d'extases, de joies intenses et de tristesses profondes.

Took se tourna vers elle :

— Nous allons nous taire un moment, pour que nos anges entendent le bruit qui se trouve derrière notre silence.

Chris pensait encore à l'amour. Oui, ce garçon semblait avoir raison, même si elle aurait juré qu'il ne connaissait tout ça qu'en théorie.

L'amour ne se repose que quand il est près de mourir, comme c'est étrange. Comme tout ce qu'elle était en train de vivre était étrange, principalement cette sensation d'« âme grandie ».

Elle n'avait jamais demandé à Paulo de lui enseigner quoi que ce soit : elle croyait en Dieu, et cela lui suffisait. Elle respectait la quête de son mari, mais – peut-être parce qu'il lui était si proche, ou parce qu'elle savait qu'il avait des défauts comme tous les autres hommes – cela ne l'avait jamais intéressée.

Mais elle ne connaissait pas Took. Il avait dit : « Essaie de regarder l'horizon. Prête attention à ta pensée involontaire. » Et elle avait obéi. À présent, l'âme grandie, elle découvrait à quel point cette sensation était bonne et tout le temps qu'elle avait perdu.

— Pourquoi devons-nous parler avec notre ange ? interrogea-t-elle, rompant le silence.

— Découvre-le avec lui.

Sa question n'énerva pas Took. Si elle l'avait posée à Paulo, elle aurait pris un savon.

Ils récitèrent un Notre-Père et un Ave Maria. Puis l'Américain annonça qu'ils pouvaient redescendre.

— C'est tout ? demanda Paulo, désappointé.

— J'ai voulu vous emmener ici pour que mon ange voie que j'ai fait ce qu'il m'a ordonné, répondit Took. Je n'ai plus rien à vous enseigner ; si tu veux savoir autre chose, demande aux Valkyries.

Le retour se fit dans un silence pesant, uniquement interrompu par les indications que Took donnait sur la route à suivre. Personne n'avait envie de parler avec personne – Paulo, parce qu'il trouvait que Took l'avait floué ; Chris, parce que Paulo pouvait être agacé par ses remarques, penser qu'elle gâchait tout ; Took, parce qu'il savait que le Brésilien était déçu et que, donc, il ne lâcherait pas un mot sur J. et ses techniques.

— Tu te trompes sur un point, déclara Paulo quand ils arrivèrent devant la caravane. Ce n'est pas un ange que nous avons rencontré hier. C'est un type en camionnette.

Pendant une fraction de seconde, Chris pensa que sa phrase resterait sans réponse – l'animosité entre eux était de plus en plus palpable. L'Américain partit même en direction de sa « maison », avant de soudainement faire demi-tour.

— Je vais te raconter une histoire que mon père m'a racontée. Un maître et son disciple marchaient dans le désert, et le maître expliquait qu'ils pouvaient toujours faire confiance à Dieu, parce qu'Il s'occupait de tout.

» La nuit tomba et ils décidèrent de s'arrêter pour camper. Le maître monta la tente et le disciple fut chargé d'attacher les chevaux à un rocher. Mais en arrivant au rocher, celui-ci se dit :

Mon maître me met à l'épreuve. Il a affirmé que Dieu s'occupait de tout et m'a demandé d'attacher les chevaux. Il veut voir si j'ai confiance ou non en Dieu.

» Au lieu d'attacher les bêtes, il fit une longue prière et en remit la garde à Dieu.

» Le lendemain, quand ils se réveillèrent, les chevaux avaient disparu. Déçu, le disciple alla se plaindre à son maître et lui déclara qu'il n'avait plus confiance en Dieu, car Il ne s'occupait pas de tout, puisqu'Il avait oublié de surveiller les chevaux.

"Tu te trompes", répondit le maître. "Dieu voulait s'occuper des chevaux. Mais, à ce moment-là, Il devait utiliser tes mains pour les attacher au rocher."

Le garçon alluma une petite lampe à gaz accrochée à l'extérieur de la caravane. La lumière atténua un peu l'éclat des étoiles.

— Quand on commence à penser à son ange gardien, il commence à se manifester. Sa présence devient de plus en plus forte, de plus en plus vive. Seulement, dans un premier temps, il se montre comme il le fait tout au long de la vie : à travers les autres.

» Ton ange a utilisé cet homme. Il a dû le faire sortir de chez lui tôt, changer quelque chose dans sa routine, tout arranger pour qu'il puisse être là précisément au moment où vous en aviez besoin. Ça, c'est un miracle. N'essaie pas d'en faire un événement banal.

Paulo l'écoutait en silence.

— Quand nous nous apprêtions à gravir la colline, j'ai oublié ma lampe. Tu as dû remarquer que je me suis un peu attardé près de la voiture. Chaque fois que j'oublie quelque chose au moment de sortir de chez moi, je sens que mon ange gardien est à l'œuvre. Il me retarde de quelques secondes – et ce laps de temps peut être très important. Il peut m'éviter un accident, ou me permettre de croiser quelqu'un que j'avais besoin de rencontrer.

» C'est pour ça que, une fois que j'ai pris ce que j'avais oublié, je m'assois et compte toujours jusqu'à vingt. Ainsi, il a le temps d'agir. Un ange est plein de ressources.

L'Américain demanda à Paulo d'attendre un peu. Il entra dans la caravane et en ressortit avec une carte.

— La dernière fois que j'ai vu les Valkyries, c'était là.

Il désigna un endroit sur la carte. L'agressivité entre eux semblait avoir considérablement diminué.

— Prends soin d'elle, recommanda Took. C'est bien qu'elle soit venue.

— Je crois aussi, répondit Paulo. Merci pour tout.

Et ils prirent congé.

— Que j'ai été bête ! s'exclama Paulo, en donnant un coup sur le volant, dès qu'ils se furent un peu éloignés.

— Bête ? J'ai cru que tu étais jaloux !

Mais Paulo riait, de très bonne humeur.

— Quatre procédés ! Et il n'en a cité que trois ! C'est par le quatrième procédé que l'on communique avec son ange !

Il se tourna vers Chris. Ses yeux brillaient de joie.

— Le quatrième procédé : la canalisation !

Ils étaient depuis presque dix jours dans le désert. Ils s'arrêtèrent à un endroit où le sol s'ouvrait en une série de blessures, comme si des rivières préhistoriques avaient coulé ici, par dizaines, et laissé ces longues crevasses, profondes, que le soleil se chargeait de creuser peu à peu.

Ici, il n'y avait ni scorpion, ni serpent, ni coyote, pas même l'herbe rase omniprésente. Le désert était rempli de ces sites appelés *badlands*, ou terres maudites.

Ils entrèrent dans l'une de ces immenses failles. Les parois de terre étaient hautes, et ils ne pouvaient voir qu'un sentier tortueux, sans début ni fin.

Ils n'étaient plus les deux aventuriers irresponsables du début, qui croyaient que rien ne pouvait leur arriver. Le désert avait ses lois, et il tuait ceux qui ne les respectaient pas. Ils les avaient apprises – les traces de serpent, les heures auxquelles sortir, les précautions à prendre pour être en sécurité. Avant d'entrer dans les *badlands*, ils laissèrent dans leur voiture un mot indiquant où ils se dirigeaient. Même si c'était seulement pour une demi-heure, et si ça paraissait inutile, ou ridicule, une voiture pouvait s'arrêter et, s'il leur arrivait quelque chose, quelqu'un trouverait leur mot, saurait quelle direction ils avaient prise. Ils devaient faciliter la tâche de leurs anges gardiens.

Ils cherchaient les Valkyries. Pas ici, dans ce bout du monde – parce qu'aucune vie ne résiste longtemps dans les *badlands*. Ici, eh bien... c'était juste un entraînement. Pour Chris.

Mais les Valkyries n'étaient pas loin, et quelque chose semblait l'indiquer. Elles laissaient des traces. Elles vivaient en parcourant le désert, ne se fixaient nulle part – mais elles laissaient des traces.

Ils avaient obtenu quelques pistes. Au début, ils avaient visité chaque petite ville l'une après l'autre, s'enquérant des Valkyries, mais personne n'avait entendu parler d'elles. L'indication de Took n'avait servi à rien – elles avaient dû passer par l'endroit qu'il avait pointé sur la carte il y a très longtemps. Mais un jour, dans un bar, ils avaient rencontré un garçon qui se souvenait d'avoir lu quelque chose à leur propos. Il avait alors décrit les vêtements qu'elles portaient et les traces qu'elles laissaient.

Ils se mirent à se renseigner sur des femmes vêtues de la sorte. Les gens affichaient un air de désapprobation et racontaient qu'elles étaient parties un mois, une semaine, trois jours plus tôt.

À présent, ils étaient enfin à un jour de voyage de l'endroit où elles se trouvaient.

Le soleil était déjà proche de l'horizon – sans quoi ils ne se seraient pas risqués à marcher dans le désert.

Les parois de terre projetaient leur ombre. L'endroit était parfait.

Chris n'en pouvait plus de s'entraîner. Mais elle devait persévérer – elle n'avait pas encore obtenu de résultats significatifs.

— Assieds-toi ici. Dos au sud.

Elle fit ce que Paulo lui demandait. Puis, automatiquement, elle commença à se détendre. Elle avait les jambes croisées, les yeux fermés – mais elle sentait le désert tout entier autour d'elle. Son âme avait grandi depuis quelques jours, elle savait que le monde était plus vaste, bien plus vaste que deux semaines auparavant.

— Concentre-toi sur la pensée involontaire.

Chris entendait la réserve dans la voix de son mari. Il ne pouvait pas se comporter avec elle de la même façon qu'il le faisait avec d'autres disciples – en fin de compte, elle connaissait ses failles et ses faiblesses. Mais Paulo faisait un immense effort pour agir comme un maître, et cela forçait le respect qu'elle lui portait.

Elle se concentra. Elle laissa toutes ses pensées affluer dans sa tête – des pensées absurdes pour quelqu'un qui se trouve en plein désert. Depuis trois jours, chaque fois qu'elle commençait cet exercice, elle se rendait compte que sa pensée involontaire était accaparée par les invitations qu'elle devait envoyer pour sa fête d'anniversaire – qui se tiendrait dans trois mois.

Mais Paulo lui avait demandé de ne pas y faire attention. De laisser ses préoccupations venir librement.

— On va tout reprendre.

— Je pense à ma fête.

— Ne lutte pas contre tes pensées, elles sont plus fortes que toi, répéta Paulo pour la énième fois. Si tu veux t'en libérer, accepte-les. Pense à ce qu'elles veulent que tu penses, jusqu'à ce qu'elles s'épuisent.

Elle faisait la liste des invités. Elle en retira quelques-uns. En ajouta d'autres. C'était la première étape : accorder de l'attention à sa pensée involontaire jusqu'à la fatiguer.

Désormais, le souci de sa fête d'anniversaire se dissipait plus vite. Malgré tout, Chris dressait encore sa liste d'invités. C'était incroyable comme un tel sujet pouvait la tracasser autant de jours, l'occuper autant d'heures, des heures qu'elle aurait pu passer à réfléchir à des choses plus intéressantes.

— Pense jusqu'à l'épuisement. Et quand tu n'en pourras plus, ouvre le canal.

Paulo s'éloigna de sa femme et s'adossa à la paroi. Le garçon était futé : tout en respectant scrupuleusement l'interdiction d'enseigner au disciple d'un autre maître, il lui avait fourni, à travers Chris, toutes les pistes nécessaires.

La quatrième façon de communiquer avec le monde invisible était la canalisation.

La canalisation ! Combien de fois avait-il vu des gens dans leur voiture, dans les embouteillages, parler tout seuls, sans comprendre qu'ils exécutaient l'un des procédés de magie les plus élaborés ! À la différence de la médiumnité, qui exigeait une certaine perte de conscience lors du contact avec les esprits, la canalisation était la méthode la plus naturelle que l'être humain pouvait employer pour plonger dans l'inconnu. C'était le contact avec l'Esprit Saint, avec l'Âme du Monde, avec les Maîtres Éclairés habitant des endroits lointains de l'Univers. Aucun rituel n'était nécessaire, aucune incorporation, rien. Tout être humain savait, inconsciemment, qu'il existait un pont avec l'invisible à portée de main, un pont sur lequel il pouvait circuler sans crainte.

Et tous les gens essayaient, même sans s'en rendre compte. Tous se surprenaient à dire des choses auxquelles ils n'avaient jamais réfléchi, à donner des conseils en se disant *je ne sais pas pourquoi je dis ça*, à faire certaines choses pas très logiques en apparence.

Et tous aimaient contempler les miracles de la nature – une tempête, un coucher de soleil –, prêts à entrer en contact avec la Sagesse Universelle, à penser à des choses réellement importantes, sauf que...

... sauf que, dans ces moments-là, le mur invisible surgissait.

La pensée involontaire.

La pensée involontaire était là, barrant l'entrée, avec ses thèmes répétitifs, ses sujets sans importance, ses chansons en boucle, ses problèmes financiers, ses passions non résolues.

Il se leva et retourna auprès de Chris.

— Arme-toi de patience et écoute tout ce que te dit la pensée involontaire. Ne réponds pas. N'argumente pas. Elle va se lasser.

Chris dressa, une fois de plus, la liste des invités, même si elle avait perdu tout intérêt pour cette tâche. Quand elle eut terminé, elle y mit un point final.

Puis elle ouvrit les yeux.

Elle était là, dans cette faille de terre. Elle sentit l'air étouffant autour d'elle.

— Ouvre le canal. Mets-toi à parler.

Parler !

Elle avait toujours eu peur de parler, de paraître ridicule, idiote. Peur de savoir ce que les autres pensaient de ce qu'elle disait, parce qu'ils lui semblaient toujours davantage préparés, plus intelligents, ayant réponse à tout.

Mais à présent c'était ainsi, elle devait se montrer courageuse, même si elle disait des choses absurdes, des phrases dépourvues de sens. Paulo lui avait expliqué que c'était l'une des façons de canaliser : parler. Vaincre la pensée involontaire, puis laisser l'Univers l'envahir et l'utiliser à sa guise.

Elle se mit à bouger la tête, simplement parce qu'elle avait envie de le faire, et soudain elle eut envie de produire des sons étranges avec sa bouche. Elle le fit. Rien n'était ridicule. Elle était libre d'agir comme elle l'entendait.

Elle ne connaissait pas l'origine de ces choses – et cependant elles venaient de l'intérieur, du fond de son âme, et elles se manifestaient. De temps à autre la pensée involontaire revenait avec ses préoccupations, alors Chris tentait de mettre de l'ordre dans ses pensées, mais ça devait se passer comme ça : sans logique, sans censure, avec la joie d'un guerrier qui pénètre dans un monde inconnu. Elle avait besoin de parler le langage pur du cœur.

Paulo écoutait en silence et Chris sentait sa présence. Elle était absolument consciente, mais libre.

Elle ne pouvait pas se soucier de ce qu'il pensait – elle devait continuer à parler, à faire les gestes qu'elle avait envie de faire, à chanter des chants étranges. Oui, tout devait avoir un sens, parce que jamais elle n'avait entendu ces bruits, ces chants, ces mots et ces mouvements. C'était difficile, elle avait toujours peur de fantasmer les choses, de vouloir paraître plus en contact avec l'Univers qu'elle ne l'était réellement, mais elle dépassa la crainte du ridicule et alla de l'avant.

Aujourd'hui, il se passait quelque chose de différent. Elle ne faisait plus cela par obligation, comme les premiers jours. Elle y prenait du plaisir. Et elle commençait à se sentir *en sécurité*. Une onde d'assurance allait et venait, et Chris tenta désespérément de s'y accrocher.

Pour la garder tout près, elle devait parler. Dire tout ce qui lui viendrait à l'esprit.

— Je vois cette terre – sa voix était posée, calme, même si la pensée involontaire surgissait de temps à autre, soufflant que Paulo devait trouver tout cela ridicule. Nous sommes en lieu sûr, nous pouvons passer la nuit ici, regarder les étoiles allongés par terre et parler des anges. Il n'y a ni scorpions, ni serpents, ni coyotes.

(*Est-ce qu'il croit que j'invente ? Que je veux l'impressionner ? Mais j'ai envie de dire ça !*)

» La planète s'est réservé certains endroits rien que pour elle. Elle nous demande de partir. Dans ces endroits-là, sans les millions de formes de vie qui parcourent sa surface, la Terre parvient à être seule.

Elle aussi a besoin de solitude, parce qu'elle cherche à se comprendre elle-même.

(*Pourquoi est-ce que je dis ça ? Il va croire que je veux l'impressionner. Mais je suis consciente !*)

Paulo regarda autour d'eux. Le lit sec de la rivière semblait agréable, doux. Mais il inspirait aussi la terreur, la terreur de la solitude absolue, de la totale absence de vie.

— Il y a une prière, poursuivit Chris – à présent elle ne se sentait plus du tout ridicule.

Soudain, cependant, elle eut peur. Peur de ne pas savoir quelle prière, de ne pas savoir comment continuer.

Et avec la peur, la pensée involontaire revint, et revinrent le ridicule, la honte, le souci de ce que pensait Paulo. Après tout, c'était lui le sorcier – il en savait plus qu'elle, il devait trouver que tout cela sonnait faux.

Elle respira profondément. Elle se concentra sur le présent, sur la terre où rien ne poussait, sur le soleil qui se cachait déjà. Peu à peu, l'onde d'assurance revint – comme un miracle.

— Il y a une prière, répéta-t-elle.

Et on l'entendra résonner
clairement
dans le ciel
quand je viendrai
en faisant du bruit

Elle garda le silence un moment, sentant qu'elle avait donné son maximum, que la canalisation était terminée. Puis elle se tourna vers lui.

— J'ai été trop loin aujourd'hui. Ça n'était jamais arrivé avant.

Paulo lui passa la main sur la tête et lui donna un baiser. Elle ignorait s'il le faisait par peine ou par fierté.

— Allons-y, répondit-il. Respectons le souhait de la terre.

Peut-être dit-il cela pour m'encourager, pour que je continue à essayer de canaliser, songea-t-elle. Cependant, elle en était sûre : quelque chose s'était produit. Elle n'avait pas inventé tout cela.

— La prière, demanda-t-elle, malgré sa peur de la réponse.

— C'est un vieux chant indigène. Des chamans ojibwés.

Elle était toujours fière de la culture de son mari, même s'il disait que cela ne servait à rien.

— Comment de telles choses peuvent se produire ?

Paulo se souvint de J. lui parlant des secrets de l'alchimie dans son livre : « Les nuages sont des fleuves qui ont déjà connu la mer. » Mais il n'avait pas envie de le lui expliquer. Il était tendu, énervé, il ne comprenait pas au juste pourquoi il restait dans le désert ; après tout, il savait déjà comment communiquer avec son ange gardien.

— Tu as déjà vu le film *Psychose* ? demanda-t-il à Chris, une fois arrivés à la voiture.

Elle répondit par l'affirmative.

— Dans ce film, très rapidement, l'actrice principale meurt poignardée dans la douche. Dans le désert, dès le troisième jour, j'ai découvert comment on communique avec les anges. Et pourtant, je me suis promis de rester quarante jours ici, et je n'arrive pas à changer d'idée.

— Mais il y a les Valkyries.

— Les Valkyries ! Je peux vivre sans elles, tu comprends ?

(*Il a peur de ne pas les trouver*, comprit Chris.)

— Je sais déjà comment entrer en contact avec les anges, c'est le plus important ! ajouta-t-il d'un ton agressif.

— Je pensais à ça justement, répondit Chris. Tu le sais déjà, et pourtant, tu ne veux pas *essayer*.

Ça c'est mon problème, se dit Paulo, tout en faisant démarrer la voiture. *J'ai besoin d'émotions fortes. J'ai besoin de défis.*

Il regarda Chris. Elle lisait, distraite, le *Manuel de survie dans le désert* qu'ils avaient acheté dans l'une des petites villes qu'ils avaient traversées.

Il prit la route. D'abord sur l'une de ces immenses lignes droites qui paraissaient interminables.

Ce n'est pas seulement un problème de quête spirituelle, songeait-il, en regardant tour à tour Chris et la route. Il en avait marre de ce mariage, même s'il aimait sa femme. Il avait besoin d'émotions fortes en amour, au travail, dans presque tout ce qu'il faisait. Il contrariait ainsi l'une des lois les plus importantes de la Nature : tout mouvement a besoin de repos.

Il savait que, s'il continuait de la sorte, rien dans sa vie ne durerait longtemps. Il commençait à comprendre ce que J. voulait dire par : « *Et tous les hommes tuent l'être qu'ils aiment.* »

Ils arrivèrent deux jours plus tard à Gringo Pass, un hameau où se trouvaient seulement un motel, une supérette et le poste de douane. La frontière avec le Mexique était toute proche, et ils prirent une série de photos les jambes écartées, un pied dans chaque pays.

Ils allèrent jusqu'à la supérette. À leur question sur les Valkyries, la patronne du snack-bar répondit qu'elle avait vu « ces gouines » le matin même, mais qu'elles étaient déjà parties.

— Elles sont allées au Mexique ? voulut savoir Paulo.

— Non, non. Elles ont pris la route de Tucson.

Ils revinrent au motel et s'assirent sur la terrasse. Leur véhicule était garé juste devant eux.

— Tu as vu comme cette voiture est couverte de poussière, dit Paulo, au bout de quelques minutes. J'ai envie de la laver.

— Le patron du motel ne va pas apprécier qu'on utilise de l'eau pour ça. On est en plein désert, tu te souviens ?

En silence, Paulo se leva, sortit un paquet de mouchoirs en papier de la boîte à gants et se mit à essuyer la voiture. Chris resta sur la terrasse.

Il est nerveux. Il n'arrive pas à rester tranquille, songea-t-elle.

— Je veux te parler de quelque chose de sérieux, annonça-t-elle.

— Tu as bien fait ton travail, ne t'inquiète pas, répondit-il, alors qu'il gaspillait un mouchoir en papier après l'autre.

— C'est justement de ça que je veux te parler, insista Chris. Je ne suis pas venue ici pour faire un travail, quel qu'il soit. Je suis venue parce que je trouvais que notre couple était à bout de souffle.

Elle aussi ressent ça, pensa-t-il. Mais il resta concentré sur sa tâche.

— J'ai toujours respecté ta quête spirituelle, mais j'ai aussi la mienne, reprit Chris. Et je ne vais pas y renoncer, je veux que ce soit bien clair. Je vais continuer à aller à l'église.

— Moi aussi je vais à l'église.

— Mais c'est différent, tu le sais. Tu as choisi cette façon de communiquer avec Dieu, et moi j'en ai choisi une autre.

— Je le sais. Je ne veux pas en changer.

— Pourtant – elle prit une profonde inspiration, parce qu'elle ne savait pas quelle serait sa réponse – quelque chose se passe en moi. Moi aussi je veux entrer en contact avec mon ange.

Elle se leva et alla le rejoindre. Elle se mit à ramasser les mouchoirs en papier éparpillés sur le sol.

— Tu veux bien me faire une faveur ? dit-elle en regardant son mari droit dans les yeux. Ne m'abandonne pas en chemin.

Un petit snack-bar se trouvait à l'arrière de la pompe à essence.

Ils s'assirent près de la fenêtre. Ils venaient de se réveiller, et le monde était encore calme. Dehors se déployaient la plaine, la ligne droite goudronnée à perte de vue et le silence.

Chris eut la nostalgie de Borrego Springs, de Gringo Pass et de Indio. Dans ces endroits-là, le désert avait un visage, des montagnes, des vallées, des histoires de pionniers et de conquérants.

Ici, il n'y avait que l'immensité vide. Et le soleil. Le soleil qui bientôt allait tout colorer de jaune, élever la température à 55 °C à l'ombre (mais l'ombre était inexistante) et rendre la vie insupportable aux humains et aux animaux.

Le serveur vint s'occuper d'eux. Il était chinois et parlait avec un fort accent – il ne devait pas être là depuis longtemps. Chris imagina combien de tours le monde avait dû faire pour conduire cet homme jusqu'à ce snack-bar en plein désert.

Ils commandèrent du café, des œufs, du bacon et du pain grillé. Puis ils restèrent silencieux.

Chris remarqua les yeux du garçon – ils semblaient fixer l'horizon, comme ceux de quelqu'un dont l'âme a grandi.

Mais non, il ne se livrait à aucun exercice sacré ni ne tentait de se développer spirituellement. C'était un regard d'ennui. Le garçon ne voyait rien – ni le désert, ni la route, ni les deux clients qui avaient débarqué aux aurores. Il se contentait de reproduire les mouvements qu'on lui avait enseignés : mettre le café dans la machine, faire frire les œufs, dire « je peux vous aider ? » ou « merci », à la façon d'un animal dressé, dépourvu de sentiments et de réflexes. Pour lui, le sens de la vie semblait être resté en Chine ou avoir disparu dans l'immensité de la plaine dénuée d'arbres ou de rochers.

Le café arriva. Ils se mirent à le boire sans hâte. Ils n'avaient nulle part où aller.

Paulo regarda la voiture dehors. La nettoyer deux jours plus tôt n'avait servi à rien. Elle était de nouveau couverte de poussière.

Ils entendirent un faible bruit au loin. Le premier camion de la journée allait bientôt passer. Le garçon mettrait sa torpeur, les œufs, le bacon de côté et irait regarder dehors pour essayer de distinguer quelque chose, désireux de sentir qu'il faisait partie d'un monde en mouvement, qui passait devant le snack-bar. Voilà à quoi il était réduit : regarder de loin et voir le monde passer. Il était peu probable qu'il rêve encore de quitter un jour ce snack-bar et de demander à l'un des camions de l'emmener. Il était devenu accro au Silence et au Vide.

Le bruit se fit plus fort et ne ressemblait pas à celui d'un moteur. L'espace d'un instant, le cœur de Paulo se remplit d'espoir. Mais ce n'était qu'un espoir, rien d'autre. Il essaya de ne pas y penser.

Peu à peu, le bruit devint vacarme. Chris se tourna pour voir ce qu'il se passait dehors.

Paulo garda les yeux rivés sur son café. Il avait peur qu'elle perçoive son anxiété.

Les vitres du restaurant vibrèrent légèrement. Le garçon paraissait ne pas y accorder une grande importance – il connaissait ce raffut et ne l'aimait pas.

Mais Chris regardait, fascinée. L'horizon s'était empli de reflets brillants, le soleil luisait sur des métaux et le vacarme des galops semblait – dans son imagination – ébranler les herbes, l'asphalte, le plafond, le restaurant, les vitrages.

Dans un grondement de tonnerre, elles entrèrent dans la station-service, et la route droite, le désert plat, l'herbe rase, le garçon chinois, les deux Brésiliens qui cherchaient un ange, tout fut affecté par leur présence.

Leurs belles montures firent plusieurs tours devant la station-service, dangereusement proches les unes des autres, tandis que les fouets cinglaient l'air, que les mains gantées jouaient adroitement avec le danger. Elles criaient comme des cow-boys aiguillonnant leur troupeau, désireuses de réveiller le désert, de clamer que le matin les rendait vivantes et joyeuses. Paulo avait levé les yeux et les regardait avec fascination, mais la peur étreignait toujours son cœur. Peut-être n'allaient-elles pas s'arrêter, peut-être faisaient-elles tout ça uniquement pour réveiller le garçon chinois, lui montrer qu'il y avait encore de la vie, de la joie et de l'adresse.

Soudain, obéissant à un signe invisible, les chevaux firent halte.

Les Valkyries descendirent. Dans leurs vêtements de cuir, avec leurs foulards colorés qui cachaient une partie du visage, ne laissant voir que les yeux, pour éviter de respirer la poussière.

Elles ôtèrent leurs foulards et les frottèrent sur leurs vêtements sombres, secouant le désert de leurs corps. Puis elles les mirent à leur cou et entrèrent dans le snack-bar.

Elles étaient huit femmes.

Elles ne commandèrent rien. Le serveur semblait savoir ce qu'elles voulaient : il disposait déjà des œufs, du bacon et des tranches de pain sur la plaque chaude. Malgré cette soudaine affluence, il ressemblait toujours à une machine obéissante.

— Pourquoi la radio est-elle éteinte ? demanda l'une d'entre elles.

L'obéissante machine chinoise alluma la radio.

— Mets plus fort, ordonna une autre.

Le robot poussa le volume au maximum. On aurait dit que la station-service oubliée s'était soudain changée en discothèque new-yorkaise. Quelques femmes marquaient le rythme en tapant des mains, tandis que les autres devaient crier pour s'entendre au milieu de tout ce vacarme.

Mais l'une d'elles ne bougeait pas, ne s'intéressant ni à la discussion, ni à la musique, ni au petit déjeuner.

Elle fixait Paulo des yeux. Et Paulo, le menton appuyé sur la main gauche, soutenait son regard.

Chris l'observa aussi. Les cheveux roux, bouclés, longs, elle semblait être la plus âgée du groupe.

Chris eut une pointe au cœur. Quelque chose d'étrange, de très étrange, était en train de se produire – même si elle n'aurait pas su l'expliquer. Avoir regardé l'horizon ces derniers jours – ou s'être entraînée sans relâche à la canalisation – changeait peut-être la façon dont elle percevait les choses autour d'elle. Elle avait des pressentiments, qui se manifestaient clairement.

Elle feignit de ne pas remarquer leur échange de regards. Mais son cœur envoyait de curieux signaux – et elle ne savait pas s'ils étaient bons ou mauvais.

Took avait raison, songea Paulo. *C'est très facile d'établir le contact avec elles.*

Peu à peu, les autres Valkyries s'aperçurent qu'il se passait quelque chose. Elles observèrent d'abord la plus âgée et, en suivant son regard, elles virent la table où Paulo et Chris étaient assis. Elles se turent et cessèrent de battre le rythme.

— Éteins la radio, dit la femme rousse au Chinois.

Comme toujours, il obéit. À présent, le seul bruit audible était celui des œufs et du bacon en train de frire sur la plaque.

La femme la plus âgée se leva et se dirigea vers leur table. Elle resta debout, à côté d'eux. Les autres suivaient la scène.

— Où avez-vous trouvé cette bague ? demanda-t-elle à Paulo.

— Dans la même boutique où vous avez acheté votre broche, répondit-il.

Chris remarqua alors une broche de métal accrochée à sa veste en cuir. Elle portait le même dessin que la bague passée à l'annulaire gauche de Paulo.

C'est pour ça qu'il avait posé son menton sur sa main.

Elle avait déjà vu de nombreuses bagues de la Tradition de la Lune – de toutes les couleurs, métaux et tailles – représentant toujours une forme de serpent, le symbole de cette sagesse. Jamais, cependant, elle n'avait vu un motif semblable à celui de la bague de son mari. L'une des premières actions de J. avait été de lui remettre cet anneau, en précisant qu'ainsi il complétait « la Tradition de la Lune, un cycle interrompu par la peur ». C'était en 1982, elle était avec Paulo et J. en Norvège.

Et là, maintenant, en plein désert : une femme avec cette broche. Et ce dessin.

Les femmes remarquent toujours les bijoux.

— Que veux-tu ? demanda la rousse.

Paulo se leva. Ils se dévisagèrent, face à face. Le cœur de Chris se serra un peu plus – elle était absolument sûre que ce n'était pas de la jalousie.

— Que veux-tu ? répéta-t-elle.

— Communiquer avec mon ange gardien. Et autre chose, aussi.

Elle prit la main de Paulo. Elle passa ses doigts sur sa bague et, pour la première fois, quelque chose de féminin se dégagea de cette femme.

— Si tu as acheté cette bague au même endroit que moi, tu dois savoir comment on s'y prend, affirma-t-elle, les yeux rivés sur les serpents. Si ce n'est pas le cas, vends-la-moi. C'est un beau bijou.

Ce n'était pas un bijou. C'était juste un anneau en argent, orné de deux serpents. Chaque serpent avait deux têtes, et le dessin était très simple.

Paulo ne répondit pas.

— Tu ne sais pas entrer en contact avec les anges, et cette bague n'est pas la tienne, déclara la Valkyrie au bout d'un moment.

— Si, je sais. Par la canalisation.

— Exact. Rien d'autre.

— J'ai dit que je voulais autre chose aussi.

Quoi donc ?

— Took a vu son ange gardien. Je veux voir le mien. Parler avec lui, face à face.

— Took ?

Le regard de la femme rousse chercha dans le passé, tentant de se rappeler de qui il s'agissait, où il vivait.

— Oui, je m'en souviens maintenant. Il vit dans le désert. Justement parce qu'il a vu son ange.

— Non. Il apprend à devenir un maître.

— Cette histoire de voir son ange-gardien est une pure chimère. Il suffit de parler avec lui.

Paulo fit un pas vers la Valkyrie.

✧ ✧ ✧

Chris connaissait le stratagème auquel son mari était en train de se livrer : la « déstabilisation », ainsi qu'il l'appelait. En principe, quand deux personnes discutent, elles maintiennent toujours une longueur de bras entre elles. Quand l'une s'approche trop, le raisonnement de l'autre en est désorienté, sans qu'elle comprenne ce qui se passe.

— Je veux voir mon ange gardien.

Il était tout près de la femme, et continuait de la regarder dans les yeux.

— Pourquoi ?

La Valkyrie était intimidée. La ruse fonctionnait.

— Parce que je suis désespéré et que j'ai besoin d'aide. J'ai obtenu des choses importantes à mes yeux, et je vais les détruire parce que je me dis qu'elles ont perdu leur sens. Je sais que c'est faux, qu'elles sont toujours importantes et que si je les détruis, je me détruirai moi aussi.

Son ton restait égal, il ne montrait aucune émotion.

— Quand j'ai découvert que pour parler avec son ange gardien il suffisait d'employer la canalisation, cela m'a complètement désintéressé. Ce n'était plus un défi supplémentaire, mais quelque chose que je connaissais déjà bien. Alors j'ai compris que mon chemin dans la magie était près de s'achever ; l'Inconnu devenait trop familier pour moi.

Chris était surprise par cette confession, faite dans un lieu public, devant des personnes qu'il n'avait jamais vues.

— Pour continuer sur ce chemin, j'ai besoin de quelque chose de plus grand, conclut-il. J'ai besoin de montagnes toujours plus hautes.

La Valkyrie resta silencieuse un moment. Elle aussi était surprise par les propos de l'étranger.

— Si je t'enseigne comment voir un ange, ton désir de chercher des montagnes toujours plus hautes peut disparaître, finit-elle par dire. Et cela n'est pas toujours bon.

— Non, ce désir ne disparaîtra jamais. Ce qui va disparaître, c'est cette idée que les montagnes conquises sont trop basses. Mon amour pour ce que j'ai obtenu va rester vivant. C'était ce que mon maître essayait de me dire.

Peut-être parle-t-il aussi de notre mariage, songea Chris.

La Valkyrie tendit sa main à Paulo.

— Mon nom est M., dit-elle.

— Mon nom est S., répondit Paulo.

Chris sursauta. Paulo avait donné son nom magique ! Très peu, vraiment très peu de personnes connaissaient ce secret, puisque la seule façon de causer du mal à un mage était d'employer son nom magique. Ainsi, il ne pouvait le révéler qu'aux personnes en qui il avait une confiance totale.

Or Paulo venait de rencontrer cette femme. Il ne pouvait pas avoir une telle confiance en elle.

— Mais tu peux m'appeler Vahalla, dit la femme rousse.

Ça rappelle un nom du Paradis viking, songea Paulo, tout en lui indiquant aussi son nom de baptême.

Elle parut se détendre un peu. Pour la première fois, elle regarda Chris, assise à la table.

— Pour voir un ange, il faut trois choses, reprit-elle, en ramenant son regard vers Paulo, comme si Chris n'existait pas. Et, en plus de ces trois choses, il faut du courage.

» Du courage de femme, le véritable courage. Pas le courage des hommes.

Paulo fit semblant de ne pas avoir entendu.

— Nous serons près de Tucson demain. Viens nous rejoindre à midi, si ta bague est authentique.

Paulo alla jusqu'à la voiture, en ramena la carte, et Vahalla lui montra l'endroit exact du rendez-vous. Le Chinois servit les œufs et le bacon, et l'une des Valkyries avertit la femme rousse que son petit déjeuner allait refroidir. Elle se dirigea vers sa place au comptoir, tout en demandant au Chinois de rallumer la radio.

— Quelles sont les trois conditions pour parler avec un ange ? lui demanda Paulo, alors qu'elle s'éloignait déjà.

— Rompre un accord. Accepter un pardon. Et faire un pari, répondit Vahalla.

Chris regarda la ville en dessous. Pour la première fois en près de trois semaines, ils séjournaient dans un vrai hôtel – avec service de chambre, minibar et petit déjeuner au lit.

Il était six heures du soir – l'heure à laquelle elle avait l'habitude de s'exercer à la canalisation. Mais Paulo dormait profondément.

Elle savait que la rencontre de ce matin à la station essence avait tout changé ; si elle voulait communiquer avec son ange gardien, elle devrait le faire par ses propres moyens.

Ils avaient peu discuté pendant le voyage jusqu'à Tucson. Elle s'était bornée à demander pourquoi il avait prononcé son nom magique. Paulo avait répondu que Vahalla avait indiqué le sien, démontrant ainsi son courage et sa confiance – et il ne pouvait pas être en reste.

Il disait peut-être la vérité. Mais Chris se doutait bien que, ce soir même, Paulo voudrait lui parler.

C'était une femme, elle sentait des choses que les hommes ne percevaient pas.

Elle descendit, s'adressa à la réception, demanda où se trouvait la librairie la plus proche. Il n'y en avait pas. Il fallait se rendre dans un centre commercial en voiture.

Elle hésita quelques minutes. Puis elle remonta et prit la clé. Ils étaient dans une grande ville ; si Paulo se réveillait, il penserait qu'elle était allée faire un tour en ville.

Elle se perdit dans la circulation plusieurs fois, mais finit par découvrir un centre commercial gigantesque (un *mall*, comme on disait ici). L'une des boutiques proposait un service de serrurerie – elle fit faire un double de la clé de la voiture.

Elle en voulait un. Juste par sécurité.

Puis elle chercha la librairie. Elle y feuilleta un livre et trouva ce qu'elle cherchait.

VALKYRIES : nymphes du palais de Wotan.

Elle n'avait pas la moindre idée de qui était Wotan. Mais ça n'avait pas d'importance.

Messagères des dieux, elles conduisent les héros à la mort – puis au Paradis.

Des messagères. Comme les anges. La Mort et le Paradis. Comme les anges.

Elles enhardissent les combattants par l'amour que leur charme inspire à leurs cœurs et par l'exemple de bravoure qu'elles donnent à l'avant des batailles, montées sur des coursiers rapides comme les nuages et assourdissants comme la tempête.

Elles n'auraient pas pu choisir meilleur nom, songea-t-elle.

Elles symbolisent à la fois l'ivresse du courage et le repos du guerrier, l'aventure de l'amour en lutte, la rencontre et la perte.

Oui, c'était sûr, Paulo voudrait lui parler ce soir.

Ils descendirent dîner au restaurant de l'hôtel – Paulo avait beaucoup insisté pour sortir un peu, pour découvrir cette grande ville posée en plein désert. Mais Chris lui avait dit qu'elle était fatiguée, qu'elle voulait se coucher tôt, profiter du confort de leur chambre.

Ils passèrent le dîner à échanger des banalités. Paulo était exagérément gentil – elle connaissait son mari, elle savait qu'il attendait le bon moment. Alors elle fit semblant de s'intéresser à tout et manifesta beaucoup d'enthousiasme quand il déclara qu'à Tucson se trouvait le musée du désert le plus complet qu'on connaisse.

Il se réjouit de son intérêt. Enhardi, il ajouta qu'on pouvait y voir des coyotes, des serpents, des scorpions, en toute sécurité, et présentés par des informations sérieuses. On pouvait y passer la journée entière.

Elle affirma qu'elle aimerait beaucoup visiter ce musée.

— Vas-y demain, suggéra Paulo.

— Mais le rendez-vous avec Vahalla est demain midi.

— Ce n'est pas nécessaire que tu viennes.

— Étrange horaire. Personne ne peut rester longtemps dans le désert à midi. Nous l'avons appris… à nos dépens.

Paulo aussi était intrigué. Mais il ne voulait pas perdre cette occasion ; il avait peur que Vahalla change d'avis, malgré la bague et le reste.

Il passa à un autre sujet et Chris se délecta de l'anxiété de son mari. De nouveau, pendant un moment, ils parlèrent de tout et de rien. Ils burent une bouteille de vin entière, et le sommeil arriva vite. Paulo proposa de remonter tout de suite dans leur chambre.

— Je ne sais pas si tu dois venir demain, glissa-t-il au milieu d'une discussion.

Elle avait savouré tout ce qu'elle voulait – la nourriture, le lieu, l'anxiété de Paulo. Elle aurait aimé se conforter dans l'idée qu'elle connaissait bien l'homme à ses côtés. Mais il se faisait tard, et il était temps d'être définitive sur ce point.

— Je viens avec toi. Quoi qu'il en soit.

Sa réponse énerva Paulo. Il lui rétorqua qu'elle était jalouse et qu'elle était en train de gâcher sa démarche.

— Jalouse de qui ?

— Des Valkyries. De Vahalla.

— Quelle connerie.

— Mais c'est *ma* quête. Je t'ai emmenée parce que je voulais être à tes côtés, mais il y a des choses que je dois faire seul.

— Je veux y aller avec toi.
— La magie n'a jamais eu d'importance dans ta vie. Pourquoi en aurait-elle maintenant ?
— Parce que j'ai commencé à m'y intéresser. Et parce que j'ai demandé à ne pas être abandonnée en chemin, répliqua-t-elle, mettant un point final à la conversation.

Le silence était total.

Chris soutenait le regard de l'autre femme depuis un bon moment.

Tous – y compris Paulo – portaient des lunettes de soleil.

Tous – hormis Vahalla et elle. Elle avait ôté les siennes pour que la Valkyrie sache qu'elle la fixait dans les yeux.

Les minutes s'écoulaient, et personne ne disait rien. Le seul mot prononcé pendant tout ce temps avait été le « Bonjour ! » de Paulo, à leur arrivée à l'endroit indiqué. Son salut était resté sans réponse. Vahalla s'était approchée et arrêtée devant Chris.

Et depuis, rien d'autre ne s'était produit. *Vingt minutes*, se dit-elle intérieurement. Mais elle ne savait pas exactement combien de temps avait passé. Le soleil brillant, la chaleur et le silence lui embrouillaient l'esprit.

Elle essaya de se distraire un peu. Ils étaient au pied d'une montagne – que c'était bon, le désert avait à nouveau des montagnes ! Derrière Vahalla se trouvait une porte creusée dans la roche. Elle se mit à imaginer où pouvait mener cette porte, et remarqua qu'elle avait à présent l'esprit embrouillé. Comme le jour où ils étaient revenus du lac de sel.

Les autres Valkyries étaient en demi-cercle, montées sur leurs chevaux silencieux ; elles avaient leurs foulards sur la tête, à la façon des Tsiganes et des pirates. Vahalla était la seule à avoir la tête nue – son foulard était autour de son cou. Le soleil ne semblait pas la déranger.

Personne ne suait – la sécheresse de l'air était si grande que le moindre liquide s'évaporait aussitôt, ainsi que l'avait expliqué Took. Chris savait qu'elles étaient en train de se déshydrater, et très vite.

Même si elle avait bu toute l'eau qu'elle pouvait, même si elle s'était préparée pour le désert de midi. Même si elle n'était pas nue.

Elle me déshabille du regard, songea-t-elle. *Pas comme les hommes dans la rue, mais comme les femmes le font – et terriblement – quand...*

Il y avait une limite. Elle ne savait pas laquelle, ni comment, ni quand, mais d'ici peu le soleil commencerait à provoquer des dégâts. Cependant, tout le monde restait immobile – et c'était de sa faute, parce qu'elle avait insisté pour venir – *messagères des dieux, elles conduisent les héros à la mort et au Paradis.*

Elle avait fait une bêtise, mais à présent, c'était trop tard. Elle était venue parce que son ange gardien le lui avait ordonné ; il avait dit que Paulo aurait besoin d'elle cet après-midi-là.

Non, ce n'était pas une bêtise. Il a insisté pour que j'y aille, se dit-elle.

Son ange… elle parlait avec lui ! Personne ne le savait – pas même Paulo.

Elle commença à se sentir étourdie et sut qu'elle allait bientôt s'évanouir. Mais elle irait jusqu'au bout – à présent la question n'était plus d'être au côté de son mari, d'obéir à son ange gardien, d'être jalouse. À présent il s'agissait de la fierté d'une femme – face à une autre femme.

— Mets tes lunettes de soleil, lui dit Vahalla. Cette lumière peut rendre aveugle.

— Tu ne les portes pas, toi, rétorqua-t-elle. Et tu n'as pas peur.

Vahalla fit un signe. Et soudain, le soleil parut se multiplier en dizaines d'astres.

Les Valkyries, utilisant le métal de leurs harnais pour le refléter, dirigeaient tous ses rayons vers son visage. Elle vit un demi-cercle éclatant, plissa un peu les yeux et garda son regard rivé sur la Valkyrie.

Cependant, elle n'arrivait plus à la voir correctement. Elle avait l'impression que Vahalla grandissait, grandissait, et la confusion dans son esprit augmenta. Elle sentit qu'elle allait tomber et, à ce moment-là, des bras couverts de cuir vinrent la soutenir.

Paulo vit Vahalla prendre sa femme dans ses bras. Il aurait pu éviter tout cela. Il aurait pu insister pour qu'elle reste à l'hôtel – peu importait ce qu'elle pensait. Dès l'instant où il avait vu la broche, il avait su à quelle Tradition les Valkyries appartenaient.

Elles aussi avaient vu sa bague : elles savaient qu'il avait déjà passé de nombreux tests et qu'il serait difficile de l'effaroucher. Mais elles feraient tout pour évaluer le moindre étranger s'approchant du groupe. Comme sa femme, par exemple.

Toutefois elles ne pouvaient empêcher Chris, ni personne – vraiment personne –, d'apprendre ce qu'elles savaient. Elles avaient juré : tout ce qui était occulté devait être révélé. Chris subissait à présent l'épreuve de la première vertu des personnes en quête du chemin spirituel : le courage.

— Aide-moi, demanda la Valkyrie.

Paulo s'approcha et l'aida à porter sa femme. Ils allèrent jusqu'à la voiture et l'allongèrent sur la banquette arrière.

— Ne t'inquiète pas. Elle va revenir à elle d'ici peu. Avec un gros mal de tête.

Il n'était pas inquiet. Il était fier.

Vahalla alla jusqu'à son cheval et en revint avec une gourde. Paulo remarqua qu'elle avait mis ses lunettes de soleil – elle aussi avait dû atteindre sa limite.

Elle passa de l'eau sur le front de Chris, sur ses poignets et derrière ses oreilles. Celle-ci ouvrit les yeux, les cligna un peu et s'assit.

— Rompre un accord, dit-elle, en regardant la Valkyrie.

— Tu es une femme intéressante, répondit Vahalla, en lui passant la main sur le visage. Mets tes lunettes.

Vahalla caressait les cheveux de Chris. Et même si elles portaient toutes deux leurs lunettes de soleil, Paulo savait qu'elles continuaient à se regarder.

Ils marchèrent jusqu'à l'étrange porte de la montagne. Là, Vahalla se tourna vers les autres Valkyries.

— Pour l'amour. Pour la victoire. Et pour la gloire de Dieu.

Les paroles de ceux qui connaissaient les anges. La phrase que répétait J.

Les animaux, jusqu'à présent silencieux et immobiles, se mirent à bouger. Un nuage de poussière recouvrit les lieux, les Valkyries firent les mêmes jeux d'adresse qu'à la station-service – en passant les unes tout près des autres – et disparurent, quelques minutes plus tard, sur l'un des versants de la montagne.

Alors Vahalla se tourna vers eux :

— Entrons.

Il n'y avait pas de porte, mais une grille. Devant, un écriteau :

DANGER
ENTRÉE INTERDITE
TOUTE INFRACTION SERA PUNIE
PAR LE GOUVERNEMENT FÉDÉRAL

— N'y prêtez pas attention, déclara la Valkyrie. Ils n'ont pas les moyens de surveiller.

C'était une vieille mine d'or abandonnée. Vahalla avait une lampe, et ils commencèrent à avancer avec précaution pour ne pas se cogner la tête aux poutres du plafond. Paulo remarqua que, ici et là, la terre s'était éboulée. Peut-être était-ce vraiment dangereux – mais ce n'était pas le moment d'y penser.

À mesure qu'ils pénétraient dans la galerie, la température baissait, jusqu'à devenir agréable. Il eut peur de manquer d'air, mais Vahalla progressait comme si elle connaissait très bien l'endroit – elle avait déjà dû y venir à de nombreuses reprises et elle était toujours en vie. Ce n'était pas le moment de penser à ça non plus.

Au bout de dix minutes de marche, la Valkyrie s'arrêta. Ils s'assirent par terre et elle plaça la lampe au milieu d'eux trois.

— Les anges, déclara-t-elle. Les anges sont visibles pour ceux qui acceptent la lumière. Et qui rompent l'accord des ténèbres.

— Je n'ai pas passé d'accord avec les ténèbres, répondit Paulo. J'en ai eu un. Je ne l'ai plus.

— Je ne parle pas d'accord avec Lucifer, ou avec Satan, ou avec…

Soudain, tandis qu'elle citait les noms de différents démons, son visage prit une étrange expression.

— Arrête de prononcer ces noms, la coupa Paulo. Dieu est dans les mots, et le démon aussi.

Vahalla eut un rire.

— On dirait que tu as bien appris ta leçon. Maintenant romps l'accord.

— Je n'ai pas passé d'accord avec le Mal, répéta-t-il.

— Je parle du contrat d'échec.

Paulo se souvint de ce que J. avait dit : l'homme détruit toujours ce qu'il aime le plus. Mais J. n'avait pas parlé d'accord ; il connaissait assez Paulo pour savoir que son accord avec le Mal avait déjà été rompu depuis longtemps. Le silence à l'intérieur de la mine était pire que celui du désert. On n'entendait absolument rien, excepté la voix de Vahalla – qui semblait différente.

— Nous avons un contrat avec nous-même : refuser la victoire, quand celle-ci est possible, insista-t-elle.

— Je n'ai jamais passé un tel accord, déclara Paulo pour la troisième fois.

— Nous l'avons tous fait. À un moment ou un autre de la vie, nous avons tous passé cet accord. C'est pour ça qu'un ange armé d'une épée de feu se trouve à la porte du Paradis. Pour laisser entrer uniquement ceux qui ont rompu cet accord.

Oui, elle a raison, songea Chris. *Nous l'avons tous fait.*

— Tu me trouves belle ? demanda Vahalla, en changeant de nouveau le ton de sa voix.

— Tu es une belle femme, concéda Paulo.

— Un jour, quand j'étais adolescente, j'ai vu ma meilleure amie pleurer. Nous étions toujours ensemble, nous nous aimions très fort, et je lui ai demandé ce qu'il se passait. J'ai beaucoup insisté pour savoir, et elle a fini par m'avouer que son petit ami était amoureux de moi. Je ne le savais pas, mais ce jour-là, j'ai passé un accord. Sans vraiment comprendre pourquoi, je me suis mise à grossir, à ne plus prendre soin de mon corps, à devenir laide. Parce que, inconsciemment, je croyais que ma beauté était une malédiction, puisqu'elle avait fait souffrir ma meilleure amie.

» En peu de temps, j'ai aussi commencé à détruire le sens de ma vie, parce que je ne faisais plus du tout attention à moi. Jusqu'au moment où tout autour de moi est devenu insupportable ; j'ai songé à mourir.

Vahalla se mit à rire.

— Comme tu peux le voir, j'ai rompu l'accord.

— C'est vrai, acquiesça Paulo.

— Oui, c'est vrai, intervint Chris. Tu es belle.

— Nous sommes dans le ventre de la montagne, poursuivit la Valkyrie. Dehors le soleil brille, et ici tout est sombre. Mais la température est agréable, on peut s'endormir, oublier tous nos soucis. Ici règne l'obscurité de l'Accord.

Elle porta sa main à la fermeture Éclair de sa veste en cuir.

— Romps l'accord, ordonna-t-elle. Pour l'amour. Pour la victoire. Et pour la gloire de Dieu.

Lentement, elle descendit sa fermeture Éclair. Elle ne portait rien en dessous. Ses seins apparurent.

Entre eux, la lumière de la lampe faisait briller une médaille d'or.

— Prends-la.

Paulo toucha la médaille. L'archange Michel.

— Ôte-la de mon cou.

Il retira la médaille et la garda entre ses mains.

— Tenez la médaille, tous les deux.

— Je n'ai pas besoin de voir mon ange gardien !

C'était la première fois que Chris prenait vraiment la parole depuis leur entrée dans la mine.

— Je n'en ai pas besoin, parler avec lui me suffit !

Paulo se figea, médaille en main.

— J'ai déjà commencé à communiquer avec lui, poursuivit Chris. Je sais que je peux le faire et ça me suffit.

Paulo n'en croyait pas ses oreilles. Mais Vahalla savait que c'était vrai ; elle l'avait lu dans ses yeux, dehors. Elle savait aussi que son ange voulait qu'elle soit là, aux côtés de son mari.

Pourtant, elle avait dû tester son courage. C'était la règle de la Tradition.

— D'accord, accepta la Valkyrie.

D'un geste rapide, elle éteignit la lampe. Et l'obscurité complète se fit.

— Mets la chaîne autour de ton cou, dit-elle à Paulo. Et tiens la médaille dans tes mains, en prière.

Paulo obtempéra. Il avait peur d'une obscurité si totale ; elle lui rappelait des choses dont il ne voulait pas se souvenir.

Il sentit que Vahalla s'approchait derrière lui. Elle toucha sa tête.

L'obscurité semblait solide. Rien, pas même un rai de lumière, n'entrait ici.

Vahalla entonna une prière dans une langue étrange. Il essaya d'abord de reconnaître ce qu'elle disait. Puis, à mesure que ses doigts effleuraient sa tête, Paulo sentit la médaille devenir chaude. Il se concentra sur cette chaleur dans ses mains.

L'obscurité se transformait. Plusieurs scènes de sa vie se mirent à défiler devant lui. Lumière et ombres, lumière et ombres – et, soudain, de nouveau l'obscurité.

— Je ne veux pas me souvenir de ça… l'implora-t-il.

— Il le faut. Essaie de te souvenir de chaque minute.

L'obscurité lui montrait des choses terrifiantes, qui s'étaient produites quatorze années plus tôt.

Il y avait un mot sur la table. « Je t'aime. Je reviens tout de suite. » Dessous, elle avait écrit la date. « 25 mai 1974 ».

C'était drôle. Mettre la date sur un petit mot d'amour.

Il s'était réveillé un peu abasourdi, encore surpris de son rêve. Dans celui-ci, le directeur de la maison de disques lui proposait un emploi. Mais il n'en avait pas besoin : cet homme était comme son employé – le sien, et celui de son partenaire. Leurs disques étaient en tête du hit-parade, ils se vendaient par milliers, et des lettres arrivaient de tous les coins du Brésil. Les gens voulaient savoir ce qu'était la Société Alternative.

Il suffit de bien écouter les paroles de la chanson, *songea-t-il. Ce n'était pas une chanson – c'était un mantra de rituel magique, avec les mots de la Bête de l'Apocalypse lus à l'envers, tout bas. Quand on chantait cette chanson, on invoquait les forces des Ténèbres. Et tout le monde la chantait.*

Son partenaire et lui avaient déjà tout préparé. L'argent gagné avec les droits d'auteur était destiné à l'achat d'un terrain près de Rio de Janeiro. Là, à l'insu du gouvernement militaire, ils recréeraient ce que, près de cent ans plus tôt, la Bête avait essayé de faire à Cefalù, en Sicile. Mais la Bête avait été expulsée par les autorités italiennes. Elle avait failli sur de nombreux points : elle n'avait pas trouvé assez de disciples, elle ne savait pas comment gagner de l'argent. Elle avait dit à tout le monde que son numéro était le 666, qu'elle venait créer un monde où les forts seraient servis par les faibles, où la seule loi serait de faire tout ce dont on avait envie. Mais elle n'avait pas su répandre ses idées correctement – peu de gens avaient pris ses propos au sérieux.

Pour son partenaire, Raul Seixas, et lui, eh bien, c'était totalement différent ! Raul chantait, le pays tout entier l'écoutait. Ils étaient jeunes et ils gagnaient de l'argent. Oui, le Brésil vivait sous une dictature militaire, mais le gouvernement se souciait surtout des guérilleros. Il ne perdait pas son temps avec un chanteur de rock – bien au contraire, les autorités trouvaient que cela maintenait les jeunes loin du communisme.

Il prit son petit déjeuner et s'approcha de la fenêtre. Il allait se balader, puis retrouver son partenaire. Il se fichait complètement que personne ne le connaisse et que son ami soit célèbre. Ce qui comptait, c'était qu'il gagnait de l'argent, argent grâce auquel il pourrait mettre ses idées en pratique. Les gens du milieu de la musique et ceux liés à la magie, eux, savaient ! Et il s'amusait même de son anonymat auprès du grand public : plus d'une fois, il en avait profité pour écouter des commentaires sur son travail, sans que la personne saisisse que l'auteur était tout près.

Il se tourna pour enfiler ses tennis. En se baissant, il eut un vertige.

Il releva la tête. L'appartement semblait plus sombre qu'il n'aurait dû l'être. Il faisait soleil dehors, il l'avait vu depuis la fenêtre. Quelque chose était peut-être en train de brûler – un appareil électrique, sans doute, parce que le gaz était éteint. Il chercha partout. Rien.

L'air était lourd. Il décida de sortir sans tarder – il enfila ses chaussures comme il put et, pour la première fois, il accepta qu'il ne se sentait pas bien.

J'ai peut-être mangé quelque chose qui ne m'a pas réussi, *se dit-il. Mais quand c'était le cas, son corps tout entier envoyait un signal, il le connaissait bien. Là il n'avait ni nausées ni vomissements. Juste ce tournis qui ne voulait pas passer.*

Il faisait sombre. L'obscurité augmentait de plus en plus, on aurait dit qu'un nuage gris l'entourait. Il eut de nouveau le vertige. Oui, ça devait être quelque chose qu'il avait mangé – ou peut-être un effet lointain de l'acide. Mais il ne prenait plus de LSD depuis cinq ans. Les effets différés avaient disparu dans les six premiers mois, et n'étaient plus jamais revenus.

Il avait peur, il devait sortir.

Il ouvrit la porte – le vertige allait et venait, il pouvait se sentir mal en pleine rue. Sortir était risqué, mieux valait rester là et patienter. Il y avait ce mot sur la table – elle serait de retour d'ici peu –, il pouvait attendre. Ensemble, ils iraient jusqu'à la pharmacie, ou voir un médecin, même s'il détestait les médecins. Ça ne pouvait pas être grave. Personne n'a une crise cardiaque à vingt-six ans.

Personne. Il s'assit sur le canapé. Il fallait qu'il se distraie, il ne devait pas penser à elle, sinon le temps allait lui sembler plus long. Il essaya de lire le journal, mais le vertige allait et venait, de plus en plus fort. Quelque chose l'attirait toujours davantage dans un trou noir qui paraissait se former au milieu du salon. Il commença à entendre des bruits – des rires, des voix, des objets qui se cassaient. Cela ne lui était jamais arrivé – jamais ! À chaque fois qu'il prenait quelque chose, il savait qu'il était sous l'emprise de la drogue, que c'était une hallucination, et que ça allait passer. Mais ça – c'était terriblement réel !

Non, ça ne pouvait pas être réel. La réalité, c'étaient les tapis, le rideau, la bibliothèque, la table du petit déjeuner jonchée de miettes. Il fit un effort pour se concentrer sur le décor autour de lui, mais la sensation de trou noir devant lui, les voix, les rires étaient toujours bien là.

C'était sûr, il ne se passait rien de rien. Il avait pratiqué la magie pendant six ans. Fait tous les rituels. Il savait que tout n'était que suggestion, effet psychologique – tout reposait sur l'imagination –, rien d'autre.

Il cédait peu à peu à la panique, le vertige empirait, le tirant hors de son corps, vers un monde sombre, vers ces rires, ces voix, ces bruits – réels !

Je ne peux pas avoir peur. La peur fait revenir la chose.

Il tenta de reprendre le contrôle, alla jusqu'à l'évier et se lava le visage. Il se sentit mieux, l'étrange perception semblait avoir disparu. Il enfila ses tennis et s'efforça de ne plus y penser. Il s'amusa à l'idée de raconter à son partenaire qu'il était entré en transe, en contact avec les démons.

Et le simple fait d'y penser fit revenir le vertige – plus fort encore.

« Je reviens tout de suite », disait le mot, et jamais elle n'arrivait !

Je n'ai jamais eu de résultats concrets sur le plan astral, *songea-t-il. Il n'avait jamais rien vu. Ni anges, ni démons, ni esprits défunts. La Bête avait écrit dans son journal qu'elle matérialisait des choses, mais c'était faux, la Bête n'avait pas atteint ce stade, il le savait. La Bête avait échoué. Il aimait ses idées parce que c'étaient des idées rebelles, chics, dont peu de gens avaient entendu parler. Et les gens respectent toujours davantage quelqu'un qui dit des choses que personne ne comprend. Au reste, tout le monde y participait – Hare Krishna, les Enfants de Dieu, l'Église de Satan, Maharishi. Mais la Bête… la Bête n'était que pour les élus ! « La loi du plus fort », disait un texte d'elle. La Bête était sur la pochette de Sergent Pepper, l'un des albums les plus connus des Beatles – et presque personne ne le savait. Les Beatles ne savaient peut-être même pas ce qu'ils faisaient en choisissant cette photographie-là.*

Le téléphone se mit à sonner. C'était peut-être sa petite amie. Mais pour quelle raison, si elle avait écrit « Je reviens tout de suite » ?

À moins qu'il se passe quelque chose.

Voilà pourquoi elle n'arrivait pas. Désormais le vertige revenait de plus en plus vite, et soudain tout devenait noir. Il savait – quelque chose le lui disait – qu'il ne pouvait pas laisser cette sensation s'emparer de lui. Quelque chose de terrible pouvait se passer – peut-être allait-il entrer là, dans cette obscurité, et ne plus jamais en sortir. Il devait garder le contrôle à tout prix – il devait occuper son esprit, sinon cette chose allait le dominer.

Le téléphone. Il se concentra sur le téléphone. Parler, discuter, distraire sa pensée, l'entraîner loin de cette obscurité, ce téléphone était un miracle, une issue. Il le savait. Il savait, d'une manière ou d'une autre, qu'il ne pouvait pas rendre les armes. Il devait décrocher.

— Allô ?

C'était une voix de femme. Mais ce n'était pas sa petite amie – c'était Argéles.

— Paulo ?

Il resta silencieux.

— Paulo, tu m'entends ? Il faut que tu viennes ici, à la maison ! Il se passe quelque chose de bizarre !

— Qu'est-ce qu'il se passe ?

— Tu le sais très bien, Paulo ! Explique-moi, pour l'amour de Dieu !

Il raccrocha avant d'entendre ce qu'il ne voulait pas entendre. Ce n'était pas un effet différé de la drogue. Ce n'était pas un symptôme de folie. Ce n'était pas une crise cardiaque. C'était réel. Argéles participait aux rituels, et « ça » lui arrivait aussi maintenant.

Il se remit à paniquer. Il passa quelques minutes sans penser à rien, et l'obscurité s'empara peu à peu de lui, se rapprocha de plus en plus, le menant aux portes de la mort.

Il allait mourir – pour tout ce qu'il avait fait sans y croire, pour toutes ces personnes impliquées sans le savoir, pour tout ce mal répandu sous la forme du Bien. Il allait mourir, et les Ténèbres existaient, parce qu'elles se manifestaient maintenant, devant ses yeux, montrant que les rituels finissaient par marcher un jour, par réclamer leur dû pour leur temps d'usage, et il devait payer – parce qu'il n'avait pas voulu en connaître le prix avant, il avait pensé que c'était gratuit, que tout était mensonge ou suggestion de l'esprit !

Ses années à l'école jésuite lui revinrent, et il implora d'avoir la force d'atteindre une église, de demander pardon, de supplier au moins Dieu de sauver son âme. Il devait réussir. Sitôt qu'il occupait son esprit, il parvenait à maîtriser un peu le vertige. Il avait besoin d'un peu de temps, juste assez pour atteindre une église... Quelle idée ridicule !

Il regarda la bibliothèque. Il décida de compter combien de disques elle contenait – après tout, il avait toujours repoussé ce calcul ! Oui, c'était important de connaître le nombre exact de disques qu'il avait, et il se lança : un, deux, trois... il y parvenait ! Il arrivait à contrôler le vertige, le trou noir qui l'attirait. Il compta tous ses disques – et il répéta l'exercice pour voir s'il l'avait bien fait. Maintenant, les livres. Il devait savoir combien de livres il avait. Avait-il plus de livres que de disques ? Il s'attela au décompte. Le vertige s'arrêtait, et il avait beaucoup de livres. Et de revues. Et de journaux alternatifs. Il allait tout compter, et le noter sur un papier, pour savoir combien de choses il possédait réellement. C'était primordial.

Il était en train de compter les couverts quand la clé tourna dans la serrure. Elle arrivait, enfin. Mais il ne pouvait pas se permettre de se laisser distraire – il ne pouvait même pas parler de ce qui se passait ; à un moment donné, ça allait s'arrêter. Il en était sûr et certain.

Elle le rejoignit directement à la cuisine et le prit dans ses bras en pleurant.

— Au secours... il y a un truc bizarre. Tu sais ce que c'est, aide-moi !

Il ne voulait pas perdre le compte des couverts – c'était son salut. Occuper son esprit. Mieux aurait valu qu'elle ne rentre pas, sa présence ne l'aidait pas du tout. Et puis elle était comme Argéles : elle pensait qu'il savait tout, qu'il savait comment arrêter ça.

— Occupe-toi l'esprit ! cria-t-il, comme s'il était possédé. Compte combien de disques on a ! Et combien de livres !

Elle le regarda sans comprendre. Avant de se diriger comme un robot vers la bibliothèque.

Mais elle n'y arriva pas. Soudain, elle se jeta par terre.

— Je veux ma mère... répétait-elle, à voix basse. Je veux ma mère...

Lui aussi voulait la sienne. Il avait envie d'appeler ses parents, d'appeler à l'aide – ses parents qu'il ne voyait jamais, qui appartenaient à un monde bourgeois, un monde qu'il avait quitté depuis longtemps déjà. Il essaya de continuer à compter les couverts, mais elle était là, à pleurer comme un bébé, à s'arracher les cheveux.

C'en était trop. Il était responsable de ce qui se passait, parce qu'il l'aimait, et qu'il lui avait enseigné les rituels, et garanti qu'elle obtiendrait tout ce qu'elle voulait, que les choses s'amélioreraient de jour en jour (même si à un aucun moment il n'avait cru à ce qu'il disait !). Désormais elle était là, appelant à l'aide, comptant sur lui – et il ne savait pas quoi faire.

Il songea un instant à lui donner un autre ordre, mais il avait déjà oublié combien de couverts ils avaient, et le trou noir revint en force.

— Aide-moi toi, supplia-t-il. Moi je ne sais pas.

Et il fondit en larmes.

Il pleurait de peur, comme quand il était enfant. Il voulait ses parents, comme elle. Il avait des frissons de sueur, et il était persuadé qu'il allait mourir. Il lui prit la main, ses mains à elle aussi étaient froides, bien que leurs vêtements soient trempés de sueur. Il se rendit à la salle de bains pour se laver le visage – un geste qu'ils faisaient quand l'effet de la drogue était trop fort. Ça marchait aussi pour « ça » : il l'avait vérifié tout à l'heure. Le couloir lui parut immense, à présent que la chose était plus intense – il n'était plus capable de compter les disques, les livres, les crayons, les couverts. Il n'avait plus aucun moyen d'y échapper.

L'eau courante.

Cette idée venait d'un autre recoin de sa tête, d'un endroit où l'obscurité semblait ne pas pénétrer. L'eau courante ! Oui, le pouvoir des ténèbres, le délire, la folie existaient – mais d'autres choses aussi !

— L'eau courante, lui dit-il, tandis qu'ils se rinçaient le visage. L'eau courante éloigne le Mal.

Elle remarqua l'assurance dans sa voix. Il savait, il savait tout. Il allait la sauver.

Il ouvrit le robinet de la douche et ils se glissèrent sous le pommeau – avec leurs vêtements, leurs papiers, leur argent. L'eau froide mouillait leurs corps et, pour la première fois depuis le réveil, il éprouva un certain soulagement. Le vertige était parti. Ils restèrent une, deux, trois heures sous l'eau, sans parler, à trembler de froid et de peur. Il en sortit juste une fois, pour appeler Argéles et lui conseiller de faire pareil. Le vertige revint, et il dut retourner en courant à la salle de bains. Ici, tout semblait calme, mais il avait désespérément besoin de comprendre ce qui se passait.

— Je n'y ai jamais cru, avoua-t-il.

Elle le regarda sans comprendre. Deux ans plus tôt, ils étaient des hippies sans le sou, et maintenant ses chansons étaient écoutées aux quatre coins du pays. Il était à l'apogée du succès – même si peu de gens connaissaient son nom ; et il prétendait que tout cela était le fruit des rituels, des études occultes, du pouvoir de la magie.

— Je n'y ai jamais cru. Ou je ne me serais jamais aventuré sur ces chemins ! Je n'aurais pas pris ce risque, et je ne te l'aurais pas fait prendre non plus.

— Fais quelque chose, pour l'amour de Dieu ! On ne peut pas rester là, sous l'eau, éternellement !

Il sortit une deuxième fois de la douche et fit de nouveau l'expérience du tournis, et du trou noir. Il alla prendre une bible dans la bibliothèque. Il avait une bible à la maison – juste pour lire l'Apocalypse, s'assurer que la Bête régnait. Il suivait tous les préceptes des adeptes de la Bête – mais, au fond, il ne croyait en rien.

— Nous allons prier Dieu, déclara-t-il.

Et il se sentit ridicule, démoralisé devant la femme qu'il avait tenté d'impressionner toutes ces années durant. Il était faible, il allait mourir, il devait s'humilier, demander pardon. À présent, le plus important était de sauver son âme. Tout était vrai, en fin de compte.

Il s'accrocha à sa bible et récita les prières apprises dans l'enfance – le Notre-Père, *l'*Ave Maria, *le* Credo. *Elle se rebiffa au début, puis finit par le suivre.*

Ensuite, il ouvrit le livre au hasard. L'eau de la douche en abîmait les pages, mais il parvenait à lire l'histoire d'une personne qui demande quelque chose à Jésus, et à qui ce dernier demande d'avoir la foi. L'individu lui répond alors : « Seigneur, je crois – aidez mon incrédulité. »

— Seigneur, je crois, aidez mon incrédulité ! cria-t-il dans le bruit de l'eau qui coulait.

— Seigneur, je crois, aidez mon incrédulité ! murmura-t-elle tout bas, en pleurs.

Il commença à se sentir étrangement calme. Si le Mal terrible dont ils avaient fait l'expérience existait, alors il était vrai que le Royaume des cieux existait aussi et, avec lui, tout ce qu'il avait appris et renié toute sa vie durant.

— La vie éternelle existe, souffla-t-il, même s'il savait qu'elle ne croirait jamais ses paroles. Je me fiche de mourir. Toi aussi tu peux ne plus avoir peur.

— Je n'ai pas peur. Je n'ai pas peur, mais je trouve ça injuste. Dommage.

Ils avaient vingt-six ans. C'était vraiment dommage.

— Nous avons vécu tout ce que quelqu'un de notre âge peut vivre, répondit-il. Il y a des gens qui n'ont pas cette chance.

— C'est vrai. On peut mourir.

Il leva la tête. Le bruit de l'eau dans ses oreilles ressemblait à un tonnerre. Il ne pleurait plus, n'avait plus peur ; il payait juste le prix de son audace.

— Seigneur, je crois, aidez mon incrédulité ! répéta-t-il. Nous voulons vous proposer un échange. Nous offrons quelque chose, n'importe quoi, pour le salut de nos âmes. Nous offrons nos vies. Nous offrons tout ce que nous avons. Acceptez, Seigneur.

Elle le regardait avec mépris. L'homme qu'elle admirait tant. L'homme puissant, mystérieux, courageux qu'elle admirait tant, qui avait convaincu tant de personnes sur la Société Alternative, qui prêchait pour un monde où tout était permis, où les forts domineraient les faibles. Cet homme était là, devant elle, à pleurer, à appeler sa maman, à prier comme un enfant, et à prétendre qu'il avait toujours eu beaucoup de courage – parce qu'il ne croyait en rien.

Il se retourna, lui demanda de lever la tête avec lui et de proposer cet échange à son tour. Elle s'exécuta. Elle avait perdu son homme, sa foi et son espoir. Elle n'avait plus rien à perdre.

Alors il posa la main sur le robinet et commença à le fermer lentement. À présent, ils pouvaient mourir, Dieu leur avait accordé Son pardon.

Le jet d'eau se dissipa en gouttes, puis un silence total se fit. Trempés jusqu'aux os, ils se regardaient. Le vertige, le trou noir, les rires et les bruits, tout avait disparu.

Il était couché sur les genoux d'une femme, et il pleurait. Sa main lui caressait les cheveux.

— J'ai passé cet accord, articula-t-il en sanglotant.

— Non, répondit la femme. Ça, c'était un échange. Et l'échange a été accompli.

Paulo serrait la médaille de l'archange encore plus fort. Oui, l'échange avait été accompli – et le châtiment était venu, d'une sévérité sans précédent. Deux jours après ce matin de 1974, ils étaient arrêtés par la police politique brésilienne et accusés de subversion à cause de la Société Alternative. Il était resté dans une cellule sombre, semblable au tunnel noir qu'il avait vu dans son salon. À sa sortie, il avait rompu avec son partenaire musical et été expulsé de ce milieu pour longtemps. Personne ne voulait lui donner de travail – mais c'était un échange.

D'autres membres du groupe n'avaient pas fait d'échange. Ils avaient survécu au « trou noir », s'étaient mis à le traiter de lâche. Il avait perdu ses amis, son assurance, son envie de vivre. Il avait passé des années la peur au ventre, à l'idée de sortir dans la rue – le vertige pouvait revenir, les policiers aussi. Et pire encore, depuis sa sortie de prison, il n'avait jamais revu sa compagne. À certains moments, il avait regretté cet échange – il valait mieux mourir que continuer à vivre comme ça. Mais il était trop tard pour revenir en arrière.

— Il y a eu un accord, insista Vahalla. Quel fut cet accord ?

— J'ai promis d'abandonner mes rêves.

Pendant sept ans, il avait payé le prix de cet échange, mais Dieu était généreux et lui avait permis de reconstruire sa vie. Le directeur de la maison de disques, dont il avait justement rêvé en ce matin de mai, lui avait finalement trouvé un emploi et était devenu son seul ami. Il s'était remis à composer, mais dès que son travail commençait à porter ses fruits, quelque chose finissait par se produire et par tout gâcher.

« Et tous les hommes tuent l'être qu'ils aiment » – il se souvint des paroles de J.

— J'ai toujours cru quc ça faisait partic dc l'échange, avoua-t-il.

— Non. Dieu a été dur. Mais tu as été encore plus dur que Lui.

— J'ai promis de ne plus jamais grandir. J'ai cru que je ne serais plus jamais sûr de mes paroles.

La Valkyrie pressa la tête de Paulo contre ses seins nus.

— Parle-moi de ces terreurs. De cette terreur que j'ai vue à côté de toi quand on s'est rencontrés au snack-bar.

— Cette terreur… – il ne savait pas par où commencer, il avait l'impression de tenir des propos absurdes. Cette terreur m'empêche de dormir la nuit et ne me laisse aucun répit le jour.

Chris entendait à présent son ange gardien. Elle devait être ici, écouter tout cela, parce que jamais il ne lui en avait parlé…

— … maintenant, j'ai une femme que j'aime, j'ai rencontré J., j'ai parcouru le Chemin sacré de Compostelle et j'ai écrit des livres. Je suis de nouveau fidèle à mes rêves, et c'est ça, ma terreur. Parce que tout se passe comme je le voulais, et je sais que tout sera bientôt détruit.

Prononcer ces mots était terrible. Il ne les avait jamais confiés à quiconque – ou à lui-même. Il savait que Chris était là, qu'elle entendait tout, et il avait honte.

— Pour la musique, ça s'est passé comme ça, poursuivit-il, en forçant les mots à sortir. Et ça s'est passé comme ça pour tout ce que j'ai fait depuis. Rien n'a duré plus de deux ans.

Il sentit les mains de Vahalla retirer le médaillon de son cou. Il se leva. Il ne voulait pas qu'elle rallume la lumière, il n'avait pas le courage de regarder Chris en face.

Mais Vahalla alluma la lampe et ils prirent tous trois le chemin de la sortie, en silence.

— Nous allons sortir d'abord et tu viendras plus tard, indiqua Vahalla, alors qu'ils s'approchaient de la fin du tunnel.

Paulo était certain que, tout comme sa petite amie quatorze ans plus tôt, Chris n'aurait plus jamais confiance en lui.

— Aujourd'hui, je crois en ce que je fais, essaya-t-il de dire, avant que les deux femmes s'éloignent – sa phrase sonnait comme des excuses, une justification.

Il n'obtint pas de réponse. Ils firent quelques pas de plus et Vahalla éteignit la lampe. La faible lumière qui entrait à présent leur permettait de distinguer leur environnement proche.

— À partir du moment où tu mettras les pieds dehors, annonça la Valkyrie, tu dois promettre, au nom de l'archange saint Michel, que jamais plus, *jamais plus*, tu ne lèveras la main contre toi-même.

— J'ai peur de faire cette promesse. Parce que je ne sais pas comment la tenir.

— Si tu veux voir ton ange gardien, tu n'as pas le choix.

— Je ne savais pas ce que je me faisais à moi-même, et je pourrais continuer à me trahir.

— Maintenant tu le sais. Et la vérité libère.

Paulo acquiesça.

— Tu rencontreras encore bien des problèmes dans ta vie. Qu'ils soient difficiles ou juste passagers. Mais, désormais, seule la main de Dieu sera responsable de tout ; tu n'interféreras plus.

— Je le promets, au nom de saint Michel.

Elles sortirent toutes deux. Il attendit un moment et se remit à marcher. Il était resté dans les ténèbres trop longtemps.

Les rais de lumière reflétés par la roche lui indiquaient le chemin. Là-bas se trouvait une grille en guise de porte, une porte qui donnait sur un royaume interdit, une porte qui l'effrayait – parce qu'elle menait au royaume de la lumière, et il avait vécu de longues années dans les ténèbres. Une porte qui paraissait fermée – et dont on découvrait pourtant, en l'atteignant, qu'elle était ouverte.

La porte de la lumière était devant lui. Il voulait la passer. Il pouvait voir le soleil doré briller dehors ; il choisit de ne pas mettre ses lunettes de soleil. Il avait besoin de lumière. Il savait que l'archange Michel l'accompagnait, balayant les ténèbres de sa lance.

Pendant des années, il avait cru à l'implacable main de Dieu, à son châtiment. Mais c'était sa propre main, et non celle de Dieu, qui avait causé autant de destruction. Jamais plus, de toute sa vie, il ne le referait.

— Je romps l'accord, déclara-t-il aux ténèbres de la mine et à la lumière du désert. Dieu a le droit de me détruire. Moi, je n'ai pas ce droit.

Il songea aux livres qu'il avait écrits et se sentit heureux. L'année allait se terminer sans anicroche, parce que l'accord était rompu. Il rencontrerait certainement encore des difficultés, au travail, en amour, sur le chemin de la magie – qu'elles soient sérieuses ou fugaces, comme l'avait dit Vahalla. Mais, désormais, il lutterait aux côtés de son ange gardien.

— Tu as dû fournir de gros efforts, lui confia-t-il. Et à la fin, moi je gâchais tout, et toi tu ne comprenais pas.

Son ange l'écoutait. Il connaissait l'accord lui aussi et était content de ne plus devoir gaspiller son énergie à éviter que Paulo s'autodétruise.

Il trouva l'ouverture et sortit. Le soleil doré l'aveugla longuement, mais il garda les yeux ouverts – il avait besoin de lumière. Il vit les silhouettes de Vahalla et de Chris s'approcher.

— Mets ta main sur son épaule, dit la Valkyrie à Chris. Sois la témoin.

Chris obéit.

Vahalla versa un peu d'eau de sa gourde et fit une croix sur sa tête – comme si elle le baptisait de nouveau. Puis elle s'agenouilla et leur demanda d'en faire de même.

— Au nom de l'archange Michel, l'accord a été connu du ciel. Au nom de l'archange Michel, l'accord a été rompu.

Elle plaça la médaille sur son front et leur demanda de répéter ses paroles :

Ange de Dieu,
qui êtes mon fidèle gardien…

La prière de l'enfance résonnait sur les parois des montagnes et se répandait dans cette partie du désert.

… et aux soins duquel j'ai été confié
par la Bonté suprême,
daignez m'éclairer, me garder,
me conduire et me gouverner.
Amen.

— Amen, dit Chris.

— Amen, répéta Paulo.

Les gens s'approchèrent. La curiosité brillait dans leurs yeux.

— Ce sont des lesbiennes, affirma quelqu'un.

— Des folles, renchérit quelqu'un d'autre.

Les Valkyries nouèrent leurs foulards ensemble jusqu'à former une sorte de corde. Puis elles s'assirent par terre, en cercle – les bras appuyés sur les genoux, tenant leurs foulards assemblés.

Vahalla était au milieu, debout. Des gens continuaient à arriver. Quand une petite foule se fut formée, les Valkyries entonnèrent un psaume :

Au bord des fleuves de Babylone
nous étions assis et nous pleurions ;
Aux saules des alentours
nous avions pendu nos harpes.

Les gens les regardaient, sans rien comprendre. Ce n'était pas la première fois que ces femmes débarquaient en ville. Elles y étaient déjà passées, racontant des choses étranges – même si certains de leurs propos ressemblaient à ceux des pasteurs à la télévision.

— Soyez courageux – la voix de Vahalla était forte et ferme. Ouvrez votre cœur et écoutez ce qu'il vous dit. Suivez vos rêves, parce que seul un homme qui n'a pas honte de lui-même est capable de manifester la gloire de Dieu.

— Le désert rend fou, commenta une femme.

Quelques personnes s'éloignèrent, lassées des prêches religieux.

— Il n'existe aucun péché hormis le manque d'amour, poursuivit Vahalla. Soyez courageux, soyez capables d'aimer, même si l'amour semble être traître et terrible. Réjouissez-vous dans l'amour. Réjouissez-vous dans la victoire. Suivez ce que vos cœurs vous commandent.

— C'est impossible, rétorqua quelqu'un dans la foule. Nous avons des obligations.

Vahalla se tourna vers cette voix. Ça marchait – les gens lui accordaient de l'attention ! Contrairement à cinq ans plus tôt, lorsqu'elles parcouraient le désert et arrivaient dans les villes, et que personne ne s'approchait.

— Nous avons des enfants. Un mari ou une femme. On doit gagner de l'argent, renchérit une autre.

— Remplissez vos obligations. Mais qu'elles n'empêchent jamais personne de suivre ses rêves. Souvenez-vous que les rêves sont une manifestation de l'Absolu. Ne faites dans cette vie que des choses qui *en valent la peine*. Seuls ceux qui agiront de la sorte comprendront les grandes transformations à venir.

La Conspiration, songea Chris en l'écoutant. Elle se souvint du temps où elle allait chanter sur la place, avec d'autres personnes de son église, pour sauver les hommes du péché. À cette époque, on ne parlait pas d'une nouvelle ère, mais du retour du Christ, des châtiments et de l'Enfer. Il n'y avait pas de Conspiration, comme maintenant.

Elle se fraya un chemin parmi la foule et aperçut Paulo. Il était assis sur un banc, loin de l'attroupement. Elle décida de le rejoindre.

— Combien de temps allons-nous voyager avec elles ?

— Jusqu'à ce que Vahalla m'enseigne à voir les anges.

— Mais ça fait déjà presque un mois qu'on est là.

— Elle ne peut pas revenir sur sa parole. Elle a fait le serment de la Tradition. Et elle devra l'accomplir.

La foule s'amassait. Chris se dit qu'il devait être très difficile de parler à ces gens.

— Ils ne vont pas les prendre au sérieux. Pas avec ces vêtements, et ces chevaux.

— Elles se battent pour des idées très anciennes, répondit Paulo. De nos jours, les soldats se camouflent, se déguisent, se cachent. Mais autrefois les anciens guerriers portaient leurs vêtements les plus colorés et les plus voyants sur le champ de bataille. Ils voulaient que l'ennemi les voie. Ils étaient fiers de se battre.

— Pourquoi font-elles ça ? Pourquoi prêchent-elles sur les places publiques, dans les bars, au beau milieu du désert ? Pourquoi nous aident-elles à parler avec les anges ?

Il alluma une cigarette, avant de répondre :

— Tu as raison quand tu en plaisantes. Il existe bel et bien une Conspiration.

Elle rit. Si elle avait raison, Paulo le lui aurait déjà dit bien plus tôt. Non, il n'y avait pas de Conspiration. Elle avait inventé ce surnom parce que les amis de son mari ressemblaient à des agents secrets, toujours soucieux de ne pas parler de certaines choses devant les autres, toujours à changer de sujet – même s'ils juraient, par-dessus tout, qu'il n'y avait rien d'occulte dans la Tradition.

Mais Paulo avait l'air sérieux.

— Les portes du Paradis se sont réouvertes. Dieu a éloigné l'ange qui les gardait, avec son épée de feu. Pendant un moment, personne ne sait exactement combien de temps, n'importe qui peut entrer, du moment qu'il a saisi que les portes sont ouvertes.

En parlant avec Chris, Paulo se souvint de la vieille mine abandonnée. Jusqu'à ce jour-là – une semaine plus tôt – il avait choisi de rester en dehors du Paradis.

— Qui le garantit ? demanda-t-elle.

— La Foi. Et la Tradition – fut la réponse qu'elle obtint.

Ils allèrent acheter des glaces à un marchand ambulant. Vahalla parlait encore et son discours semblait sans fin. Bientôt, elles allaient jouer leur étrange pièce de théâtre, en faisant participer les spectateurs

– puis la représentation s'achèverait, et l'assemblée se dispersérait.

— Tout le monde sait que les portes sont ouvertes ?

— Quelques personnes l'ont compris… et elles appellent les autres. Mais il y a un problème.

Paulo désigna un monument au milieu de la place.

— Supposons que le Paradis est là. Et que chaque personne se trouve à un endroit distinct de cette place.

— Chacune devra prendre un chemin différent pour y arriver.

— C'est pour ça que les gens parlent avec leurs anges gardiens. Parce qu'eux seuls connaissent le meilleur chemin. Les autres ne servent à rien.

« Suivez vos rêves et prenez vos risques ! » entendait-elle Vahalla crier.

— Et comment sera ce monde ?

— Ce sera le monde de ceux qui entrent au Paradis, uniquement. Le monde de la « Conspiration », comme tu dis. Le monde des personnes capables de voir les transformations du présent, d'avoir le courage de vivre leurs rêves, d'écouter leur ange. Le monde de tous ceux qui croient à son existence.

Il y eut un brouhaha parmi les spectateurs. Chris savait que la pièce de théâtre avait commencé. Elle eut envie d'aller voir, mais ce que Paulo racontait était bien plus important.

— Pendant des siècles, nous avons pleuré sur les rives des fleuves de Babylone, poursuivit-il. Nous avons raccroché nos harpes, nous avions l'interdiction de chanter, nous avons été pourchassés, massacrés, mais nous n'avons jamais oublié qu'il existait une Terre promise. La Tradition a survécu à tout.

» Nous avons appris à lutter, et cette lutte nous a rendus plus forts. De nos jours, tout le monde se remet à parler du monde spirituel, alors qu'il y a quelques années ce sujet passait pour un truc d'ignorants, de privilégiés. En vérité, un fil invisible relie les personnes qui sont du côté de la lumière, à la façon des foulards noués des Valkyries. Et ce fil forme un cordon solide, brillant, que tiennent les anges, une rambarde que les plus sensibles perçoivent et sur laquelle on peut s'appuyer. Parce que nous sommes nombreux, éparpillés sur toute la planète. Mus par la même foi.

— Mais ce monde change tout le temps de nom, souleva Chris. Nouvelle Ère, Sixième Race Dorée, Septième Rayon, etc.

— Pourtant c'est le même monde. Je te le garantis.

Chris regarda Vahalla, au milieu de la place, parler des anges.

— Et pourquoi essaie-t-elle de convaincre les autres ?

— Elle n'essaie pas de les convaincre. Nous sommes venus du Paradis, nous nous sommes dispersés sur la Terre et à présent nous revenons. Vahalla leur demande simplement de payer le prix de ce retour.

Chris se souvint de l'après-midi dans la mine.

— Parfois, ce prix est très élevé.

— Il peut l'être. Mais il y a des personnes qui sont prêtes à le payer. Elles savent que les paroles de Vahalla sont vraies, parce qu'elles leur rappellent quelque chose d'enfoui. Tout le monde garde des souvenirs et des visions du Paradis dans son âme. On peut passer des années sans se les rappeler… jusqu'à ce que quelque chose arrive : un enfant, une lourde perte, la sensation d'un danger imminent, un coucher de soleil, un livre, une chanson, ou un groupe de femmes vêtues de cuir et parlant de Dieu. N'importe quoi. Et soudain, ces personnes se le remémorent.

» Voilà ce que Vahalla fait : elle leur rappelle qu'un certain endroit existe. Quelques-uns écoutent et d'autres non… ceux-ci passeront la porte sans s'en apercevoir.

— Mais elle parle de ce nouveau monde.

— Ce ne sont que des mots. En vérité, elles ont décroché leurs harpes des saules, et elles jouent de nouveau… et des millions de personnes, dans le monde entier, chantent de nouveau les joies de la Terre Promise. Plus personne n'est seul.

Ils entendirent le bruit des chevaux. La pièce était terminée. Paulo se dirigea vers la voiture.

— Pourquoi ne m'as-tu jamais parlé de tout ça ? lui demanda-t-elle.

— Parce que tu le savais déjà.

Oui, elle le savait. Mais elle ne s'en souvenait que maintenant.

Les Valkyries prirent la direction de la Vallée de la Mort. Elles allaient de ville en ville sur leurs chevaux, avec leurs fouets, leurs foulards, leurs vêtements étranges. Et elles parlaient de Dieu.

Paulo et Chris les suivaient. Quand elles campaient près d'une ville, ils dormaient à l'hôtel. Quand elles s'arrêtaient en plein désert, ils passaient la nuit dans la voiture. Le soir, elles allumaient un feu, et le désert cessait d'être dangereux – les animaux se tenaient loin. Ils pouvaient s'endormir au son des coyotes, en regardant les étoiles.

Depuis l'après-midi dans la mine, Paulo s'était mis à pratiquer la canalisation. Il craignait que Chris pense qu'il ne maîtrisait pas vraiment ce qu'il enseignait.

— Je connais J., lui avait-elle dit quand ils avaient abordé le sujet. Tu n'as pas besoin de me prouver quoi que ce soit.

— Ma petite amie de l'époque connaissait aussi la personne qui me guidait, avait-il répondu.

Tous les après-midi, ils s'asseyaient ensemble, détruisaient la barrière de la pensée involontaire, priaient leurs anges et invoquaient leur présence.

— Je crois en ce nouveau monde, assura-t-il à Chris alors qu'ils terminaient un nouvel exercice de canalisation.

— Je suis sûre que tu y crois. Sinon tu ne ferais pas tout ce que tu fais.

— Malgré tout, je ne sais pas si je suis à la hauteur.

— Sois gentil avec toi-même. Tu fais de ton mieux... peu de gens traversent le monde en quête des anges. N'oublie pas que tu as rompu l'accord.

L'accord rompu dans la mine : J. allait être heureux ! Même si Paulo était presque certain qu'il savait déjà tout, et qu'il l'avait encouragé à aller dans le désert pour cette raison.

À la fin de leurs exercices de canalisation, ils passaient des heures à évoquer les anges. Mais ils n'en parlaient qu'entre eux – Vahalla n'avait plus jamais abordé le sujet.

✧ ✧ ✧

Un après-midi, après leur discussion, il alla voir la Valkyrie.

— Tu connais la Tradition. Tu ne peux pas interrompre un processus entamé.

— Je n'interromps rien du tout, répliqua-t-elle.

— Mais je vais bientôt devoir rentrer au Brésil. Il manque encore deux choses : accepter le pardon. Et faire un pari.

— Je n'interromps pas le processus, répéta-t-elle.

Elle lui proposa une promenade dans le désert. Ils marchèrent longuement, s'assirent côte à côte, regardèrent le coucher du soleil, parlèrent de rituels et de cérémonies. Vahalla l'interrogea sur la façon d'enseigner de J., et Paulo voulut connaître les résultats de ses prêches dans le désert.

— Je prépare le chemin, expliqua-t-elle avec lassitude. Je fais ma part, et j'espère la faire jusqu'au bout. Après, je saurai quelle est la prochaine étape.

— Comment sauras-tu que le moment est venu d'arrêter ?

Vahalla lui montra l'horizon.

— Nous devons faire onze fois le tour du désert, passer onze fois aux mêmes endroits, répéter onze fois les mêmes choses. C'est tout ce qu'on m'a dit de faire.

— C'est ton maître qui te l'a dit ?

— Non. C'est l'archange Michel.

— Et à quel tour en êtes-vous ?

— Au dixième.

La Valkyrie s'appuya sur l'épaule de Paulo et resta silencieuse un long moment. Il eut envie de caresser ses cheveux, de prendre sa tête sur ses genoux – comme elle l'avait fait pour lui dans la mine abandonnée. C'était une guerrière, elle avait besoin de repos.

Il hésita un moment, mais abandonna l'idée. Et ils regagnèrent le campement.

Au fil des jours, Paulo commença à se demander si Vahalla ne lui enseignait pas déjà tout ce qu'il avait besoin de savoir – mais à la manière de Took, sans lui montrer directement la voie. Il se mit alors à observer les moindres gestes des Valkyries ; il allait peut-être y découvrir une piste, un enseignement, une nouvelle pratique. Un jour où Vahalla l'appelait pour voir le couchant dans le désert – elle avait pris cette habitude –, il décida d'aborder le sujet.

— Rien ne t'interdit de m'enseigner directement. Tu n'es pas une maîtresse. Pas comme Took, ou J., ou moi-même, qui connaissons deux Traditions.

— Je suis une maîtresse, si. J'ai appris à travers la révélation. Je n'ai pas suivi de cours, c'est sûr, je n'ai pas participé à des *covens*[5], et je ne me suis pas non plus inscrite à des sociétés secrètes. Mais je sais bien des choses que tu ignores, parce que l'archange Michel me les a enseignées.

— C'est pour ça que je suis ici. Pour apprendre.

Ils étaient assis dans le sable, adossés à un rocher. Vahalla demanda à Paulo d'écarter les jambes pour venir s'asseoir contre lui.

— J'ai besoin de tendresse. De beaucoup de tendresse.

Paulo s'exécuta. Vahalla se leva, vint prendre place et appuya sa tête contre sa poitrine. Ils restèrent un long moment silencieux, à regarder l'horizon.

C'est Paulo qui prit la parole le premier. Il n'aimait pas ce qu'il allait dire, mais il le fallait.

— Je vais bientôt partir, tu sais.

Il attendit sa réaction. En vain.

— J'ai besoin d'apprendre à voir mon ange gardien. Je crois que tu me l'enseignes déjà, et que je ne m'en aperçois pas.

— Non. Mes enseignements sont aussi clairs que le soleil du désert.

Paulo effleura la chevelure rousse qui recouvrait sa poitrine.

— Tu as une belle femme, dit Vahalla.

Il comprit sa remarque et retira ses mains.

En retournant auprès de Chris, ce soir-là, il lui répéta la remarque de Vahalla à son sujet. Chris sourit et resta silencieuse.

Ils continuèrent de voyager ensemble. Malgré le commentaire de Vahalla sur la clarté de ses enseignements, Paulo prêtait toujours attention aux gestes des Valkyries. Mais la routine ne changeait guère : voyager, prêcher sur les places publiques, exécuter des rituels qu'il connaissait déjà, et reprendre la route.

Et avoir des aventures. Elles avaient des aventures avec des hommes qu'elles croisaient en chemin. C'étaient en général des voyageurs solitaires, montés sur de puissantes motos, assez courageux pour s'approcher du groupe. Quand ça arrivait, il y avait un accord – tacite – selon lequel Vahalla avait le droit de choisir d'abord. Si elle n'était pas intéressée, n'importe quelle Valkyrie pouvait se rapprocher du nouveau venu.

Les hommes n'en savaient rien. Ils avaient l'impression d'être avec la femme qu'ils avaient choisie – bien que le choix ait été fait longtemps auparavant. Par elles.

Les Valkyries buvaient de la bière et parlaient de Dieu. Elles réalisaient des rituels sacrés et avaient des aventures dans les rochers. Dans les villes les plus grandes, elles jouaient leur étrange pièce de théâtre – qui impliquait toujours quelques personnes de l'auditoire – dans un lieu public.

À la fin, elles demandaient quelques pièces. Vahalla ne participait jamais au spectacle, mais elle en dirigeait le déroulement puis passait son foulard dans l'assemblée. Elle parvenait toujours à récolter assez d'argent.

Tous les après-midi, avant que Vahalla vienne chercher Paulo pour se promener dans le désert, Chris et lui pratiquaient la canalisation et communiquaient avec leur ange gardien respectif. Même si le canal n'était pas complètement ouvert, ils sentaient la présence de cette protection constante, de cet amour et de cette paix. Ils entendaient des phrases dépourvues de sens, ils avaient quelques intuitions, et très souvent la seule sensation qu'ils éprouvaient était celle de la joie – rien d'autre. Néanmoins, ils savaient qu'ils parlaient avec des anges, et que les anges étaient satisfaits.

Oui, les anges étaient contents parce qu'ils avaient été recontactés. Toute personne décidant de parler avec eux pouvait découvrir que ce n'était pas la première fois. Cela s'était produit avant, dans l'enfance, quand ils apparaissaient sous la forme d'« amis imaginaires », de compagnons de longues discussions et de jeux, qui éloignaient le Mal et le danger.

Car tout enfant parlait avec son ange gardien – jusqu'à ce fameux jour où les parents remarquaient que leur petit parlait avec des gens qui « n'existent pas ». D'abord ils étaient intrigués, puis ils mettaient ça sur le compte de l'excès d'imagination infantile, consultaient pédagogues et psychologues, et arrivaient à la conclusion que leur enfant devait cesser d'avoir ce genre de comportement.

Les parents s'obstinaient à dire à leurs enfants que les amis imaginaires n'existaient pas – peut-être parce qu'ils avaient oublié qu'eux aussi avaient un jour parlé avec des anges. Ou bien parce qu'ils pensaient qu'il n'y avait plus de place pour les anges dans ce monde. Désenchantés, les anges retournaient auprès de Dieu, sachant qu'ils ne pouvaient pas imposer leur présence.

Mais un nouveau monde débutait. Les anges savaient où était la porte du Paradis et y conduisaient tous ceux qui croyaient en leur existence. Peut-être même ces personnes n'avaient-elles pas besoin d'y croire : il suffisait qu'elles aient *besoin* des anges, et ceux-ci revenaient avec joie.

Paulo passait ses soirées à imaginer des raisons au comportement de Vahalla – pourquoi donc repoussait-elle les choses ?

Chris connaissait la réponse. Et les Valkyries aussi – sans que personne au sein du groupe n'ait fait le moindre commentaire à ce sujet.

Chris attendait l'attaque. Elle arriverait tôt ou tard. C'était pour ça que la Valkyrie les gardait près d'elles, qu'elle ne leur avait toujours pas enseigné ce qu'ils devaient encore apprendre sur la rencontre avec l'ange.

Un jour, dans l'après-midi, d'immenses montagnes apparurent à droite de la route. Puis le côté gauche s'emplit lui aussi de reliefs, de canyons, tandis qu'une gigantesque plaine de sel, aux éclats brillants, se formait au milieu.

Ils avaient atteint la Vallée de la Mort.

Les Valkyries établirent leur campement près de Furnace Creek – le seul lieu, à des kilomètres à la ronde, où l'on pouvait trouver de l'eau. L'unique hôtel de la Vallée de la Mort affichait complet, aussi Chris et Paulo se joignirent-ils à elles.

Ce soir-là, tout le groupe s'assit autour du feu, discutant d'hommes, de chevaux et – pour la première fois depuis le début du voyage – d'anges. Comme tous les soirs avant le coucher, les Valkyries nouèrent leurs foulards, empoignèrent le long cordon ainsi formé et répétèrent le psaume qui évoque les fleuves de Babylone et les harpes pendues aux saules. Elles ne pouvaient oublier, jamais, qu'elles étaient des guerrières.

Une fois le rituel terminé, le silence descendit sur le campement et toutes allèrent se coucher. À l'exception de Vahalla.

Elle s'éloigna un peu et passa un long moment à contempler la lune dans le ciel. Elle demanda à l'archange Michel de continuer à lui apparaître, à lui donner des conseils justes et de l'aider à garder de l'assurance.

Tu as vaincu les batailles contre d'autres anges, pria-t-elle. *Enseigne-moi la victoire. Puissé-je ne pas disperser ce troupeau de huit personnes, afin qu'un jour nous puissions être des milliers, des millions. Pardonne mes erreurs et emplis mon cœur d'enthousiasme. Donne-moi la force d'être homme et femme, dure et douce.*

Que ma parole soit ta lance.

Que mon amour soit ta balance.

Elle se signa et resta silencieuse, à écouter le hurlement d'un coyote au loin. Elle n'avait pas sommeil, et elle se mit à méditer sur sa vie. Elle se rappela le temps où elle était une simple employée de la Chase Manhattan Bank, où sa vie se résumait à son mari et à leurs deux enfants.

— Mais j'ai vu mon ange, dit-elle au désert silencieux. Il m'est apparu nimbé de lumière et m'a demandé d'accomplir cette mission. Il ne m'y a pas obligée, il ne m'a ni menacée ni promis une récompense. Il me l'a seulement demandé.

Le lendemain, elle avait tout quitté et était partie pour le Mojave. Au début elle avait prêché seule, en parlant des portes ouvertes du Paradis. Son mari avait demandé le divorce et obtenu la garde des enfants. Elle ne comprenait pas très bien pourquoi elle faisait ça, mais chaque fois qu'elle pleurait de douleur et de solitude, son ange lui racontait les histoires d'autres femmes qui avaient accepté les messages de Dieu ; il lui parlait de la Vierge Marie, de sainte Thérèse, de Jeanne d'Arc. Il disait que le monde a juste besoin d'exemples, de personnes capables de vivre leurs rêves et de lutter pour leurs idées.

Pendant près d'un an elle avait vécu à côté de Las Vegas. Elle avait dépensé le peu d'argent qu'elle avait pu emporter, connu la faim et dormi dehors. Jusqu'au jour où une poésie était tombée entre ses mains.

Les vers narraient l'histoire d'une sainte, Marie l'Égyptienne. Elle voyageait vers Jérusalem et n'avait pas les moyens de payer la traversée. Le passeur, en regardant cette belle femme face à lui, lui suggéra que si elle n'avait pas d'argent, elle avait son corps. Alors Marie l'Égyptienne se vendit au passeur. Une fois arrivée à Jérusalem, un ange apparut et la bénit pour son geste. Après sa mort, elle fut canonisée par l'Église, bien que plus personne ne se souvienne d'elle de nos jours.

Vahalla avait interprété cette histoire comme un signe. Le jour, elle prêchait le nom de Dieu et, deux fois par semaine, le soir, elle allait dans les casinos pour y trouver quelques riches partenaires d'une nuit et obtenir un peu d'argent. Elle n'avait jamais demandé à son ange si elle agissait correctement – et il ne lui avait rien dit non plus.

Peu à peu, conduites par les mains invisibles d'autres anges, ses compagnes avaient commencé à arriver.

— Plus qu'un tour, déclara-t-elle à voix haute au désert silencieux. Plus qu'un tour avant que ma mission soit accomplie, et que je puisse revenir au monde. Je ne sais pas ce qui m'attend, mais je désire ce retour. J'ai besoin d'amour, de tendresse, d'un homme qui me protège sur Terre, de la même façon que mon ange me protège dans le ciel. J'ai fait ma part ; je ne regrette pas, mais ça a été très difficile.

Elle se signa de nouveau, et retourna au campement.

En y arrivant, elle remarqua que le couple de Brésiliens étaient toujours assis devant le feu, à regarder les flammes.

— Combien de jours reste-t-il avant la fin de vos quarante jours de voyage ? demanda-t-elle à Paulo.

— Onze.

— Alors demain, à dix heures du soir, dans le Canyon d'Or, je te ferai accepter le pardon. Le Rituel Qui Abat les Rituels.

Paulo fut pétrifié sur place. Il avait raison ! La réponse était sous son nez depuis le début !

— De quelle manière ?

— Par la haine.

— D'accord, dit-il en tentant de dissimuler sa surprise.

Mais Vahalla savait que Paulo n'avait jamais utilisé la haine dans le Rituel Qui Abat les Rituels.

Elle laissa le couple et se dirigea vers Rotha, qui dormait. Elle passa tendrement sa main sur les cheveux de la jeune fille, jusqu'à ce que celle-ci se réveille – elle avait peut-être établi un contact avec les anges qui apparaissent en rêve, et Vahalla ne voulait pas interrompre abruptement leur conversation.

Rotha finit par ouvrir les yeux.

— Demain, tu apprendras à accepter le pardon, lui indiqua-t-elle. Et bientôt, toi aussi tu pourras voir ton ange gardien.

— Mais je suis déjà une Valkyrie.

— Bien sûr. Et même si tu n'arrives pas à voir ton ange gardien, tu seras toujours une Valkyrie.

Rotha sourit. Elle avait vingt-trois ans et elle était fière de parcourir le désert avec Vahalla.

— Ne mets pas tes habits de cuir demain, du lever du soleil à la fin du Rituel Qui Abat les Rituels.

Elle l'embrassa avec tendresse.

— Maintenant tu peux te rendormir.

Paulo et Chris restèrent devant le feu pendant presque une demi-heure. Puis ils amassèrent quelques vêtements en guise d'oreiller et se préparèrent à dormir. Ils songeaient à acheter des sacs de couchage dans chaque grande ville qu'ils traversaient, mais ils n'avaient pas envie de rentrer dans des magasins, de faire des courses. Et puis ils avaient toujours l'espoir de trouver un hôtel. Ainsi, quand ils devaient camper avec les Valkyries, ils finissaient par dormir dans leur voiture ou près du feu. Leurs cheveux avaient déjà été brûlés plusieurs fois par des étincelles – mais jamais rien de grave ne s'était produit pour l'instant.

— Qu'a-t-elle voulu dire ? demanda Chris alors qu'ils étaient déjà couchés.

— Rien d'important.

Paulo avait sommeil et il avait un peu bu.

Mais Chris insista. Elle voulait une réponse.

— Dans la vie tout est rituel, commença Paulo. Pour les sorciers comme pour ceux qui n'ont jamais entendu parler de sorcellerie. Les uns comme les autres tentent toujours d'exécuter, à la perfection, leurs rituels.

Que les sorciers aient des rituels, Chris le comprenait bien. Et que la vie quotidienne en comporte aussi – les mariages, les baptêmes, les diplômes –, ça aussi elle le comprenait.

— Non, je ne parle pas de ces choses évidentes, reprit Paulo avec impatience – il voulait dormir, mais elle feignit de ne pas entendre son ton agressif. Je dis que tout est rituel. À la façon d'une messe qui est un grand rituel, composé de plusieurs parties, la vie de chaque être humain l'est aussi, au quotidien.

» C'est un rituel soigneusement élaboré, que chacun cherche à réaliser avec précision parce qu'il a peur, s'il en brise la moindre partie, que tout s'effondre. Le nom de ce rituel est la *routine*.

Il décida de s'asseoir. Il était abruti par la bière et, s'il restait allongé, il ne parviendrait pas à achever son explication.

— Tant que nous sommes jeunes, rien n'est très grave. Mais peu à peu, cet ensemble de rituels quotidiens se solidifie et se met à nous diriger. Une fois que les choses commencent à aller plus ou moins comme nous l'imaginions, nous n'osons plus rompre cette routine et prendre des risques. Nous faisons semblant de nous plaindre, mais nous nous satisfaisons à l'idée qu'une journée soit identique à la précédente. Au moins, il n'y a pas de danger imprévu.

» C'est ainsi que nous parvenons à éviter toute croissance intérieure ou extérieure, hormis celles qui sont déjà prévues par le rituel : tant d'enfants, telles promotions, tels gains financiers.

» Quand le rituel se consolide, l'homme en devient l'esclave.

— Cela arrive aussi aux sorciers et aux mages ?

— Bien sûr. Ils utilisent le rituel pour entrer en contact avec le monde invisible, pour anéantir la pensée involontaire et pénétrer dans l'Extraordinaire. Mais pour nous aussi, le terrain conquis devient familier. Il faut partir pour de nouvelles terres. Cependant, tout mage, toute sorcière a peur de changer de rituel. Peur de l'inconnu, ou peur que de nouveaux rituels ne fonctionnent pas… c'est une peur irrationnelle, très forte, qui ne peut disparaître sans aide.

— Et qu'est-ce que c'est, le Rituel Qui Abat les Rituels ?

— Quand le mage ne parvient pas à changer ses rituels, la Tradition choisit de changer le mage. C'est une sorte de Théâtre Sacré, dans lequel il doit se mettre dans la peau d'un nouveau personnage.

Il se recoucha, se tourna sur le côté et fit semblant de s'endormir. Elle allait peut-être demander davantage d'explications, vouloir savoir pourquoi la Valkyrie avait prononcé le mot « haine ».

Jamais, dans le Théâtre Sacré, les sentiments vils n'étaient invoqués. Au contraire, les participants s'efforçaient de travailler avec le Bien, d'incarner des personnages forts, éclairés. Ainsi, ils se convainquaient qu'ils étaient meilleurs qu'ils le pensaient et

– quand ils y croyaient – leurs vies en étaient transformées.

Travailler les sentiments vils signifierait la même chose. Il finirait par se convaincre qu'il était pire qu'il l'imaginait.

Ils passèrent l'après-midi du lendemain à visiter le Canyon d'Or, une suite de défilés aux courbes tortueuses, aux parois d'environ six mètres de haut. Au moment du couchant, alors qu'ils faisaient un exercice de canalisation, ils comprirent pourquoi cet endroit portait ce nom : les rayons du soleil se reflétaient sur des milliers de minéraux brillants incrustés dans la roche, donnant l'impression que les parois étaient en or.

— Ce soir ce sera la pleine lune, dit Paulo.

Ils avaient déjà vu une pleine lune dans le désert ; c'était un spectacle extraordinaire.

— Ce matin, je me suis réveillé avec un passage de la Bible en tête, poursuivit-il. Un passage de Salomon : « Il est bon que tu tiennes à ceci sans pour autant lâcher cela : car celui qui craint Dieu réussit l'un et l'autre. »

— Étrange texte, réagit Chris.

— Très étrange.

— Mon ange me parle de plus en plus. Je commence à entendre ses paroles. Je comprends parfaitement ce que tu as raconté dans la mine, parce que je n'avais jamais cru que ça pouvait se produire.

Il en fut heureux. Et ils contemplèrent ensemble la tombée du jour ; cette fois-ci Vahalla n'était pas venue chercher Paulo pour se promener.

Les petites pierres brillantes qu'ils avaient vues pendant l'après-midi avaient disparu. La lune projetait une lumière étrange, fantasmagorique, dans le défilé. Ils entendaient le sable crisser sous leurs pas, et marchaient en silence, en prêtant attention au moindre bruit. Ils ne savaient pas où les Valkyries s'étaient réunies.

Ils approchaient de la fin du canyon qui s'élargissait jusqu'à former une petite clairière. Aucune trace d'elles.

Chris rompit le silence.

— Elles ont peut-être renoncé.

Elle savait que Vahalla allait prolonger ce petit jeu au maximum. De son côté, elle voulait qu'il s'achève au plus tôt.

— Les animaux sont sortis de leurs tanières. J'ai peur des serpents. Allons-nous-en.

Mais Paulo regardait en l'air.

— Regarde. Elles n'ont pas renoncé.

Chris suivit son regard. En haut du rocher qui formait la paroi de droite, une silhouette de femme les regardait.

Elle eut un frisson.

Une autre silhouette apparut. Puis une dernière. Chris se déplaça jusqu'au milieu de la clairière : elle pouvait voir trois autres femmes de l'autre côté.

Il en manquait deux.

— Bienvenue au théâtre ! résonna la voix de Vahalla entre les parois de pierre. Les spectateurs sont déjà là et attendent le spectacle !

C'était la formule par laquelle les Valkyries lançaient leurs pièces sur les places publiques.

Mais je ne fais pas partie du spectacle, songea Chris.

Peut-être devait-elle remonter ?

— Ici, on paie le prix de l'entrée à la sortie, poursuivit la voix, en reprenant le discours qu'elle faisait sur les places. Ça peut être un prix élevé, ou bien nous pouvons vous rembourser l'entrée. Voulez-vous courir le risque ?

— Oui, répondit Paulo.

— Pourquoi tout ceci ? cria soudain Chris. Pourquoi tant de mise en scène, tant de rituels, tout ça pour voir un ange ? Est-ce qu'il ne suffit pas de canaliser, de parler avec lui ? Pourquoi vous ne vous comportez pas comme tout le monde, pourquoi vous ne simplifiez pas votre contact avec Dieu et avec ce qu'il y a de sacré dans ce monde ?

Elle n'obtint pas de réponse. Paulo se dit que Chris était en train de tout gâcher.

— Le Rituel Qui Abat les Rituels, annonça l'une des Valkyries, du haut du rocher.

— Silence ! cria Vahalla. L'auditoire ne se manifeste qu'à la fin. Il peut applaudir ou huer… mais il paie son entrée !

Vahalla apparut enfin. Son foulard était noué sur son front, à la façon des Amérindiens. Elle le portait ainsi quand les Valkyries faisaient leurs prières à la fin de la journée. C'était sa couronne.

Elle emmenait une jeune fille aux pieds nus, en bermuda et tee-shirt. Quand elles approchèrent, et que le clair de lune éclaira leurs visages, Chris vit qu'il s'agissait de l'une des Valkyries – la plus jeune du groupe. Sans sa tenue de cuir et son air agressif, elle avait simplement l'air d'une jeune fille.

Vahalla la positionna devant Paulo. Puis elle se mit à tracer un grand carré autour d'eux. À chaque angle, elle marquait un arrêt et prononçait quelques mots. Paulo et la jeune femme répétaient ces paroles en latin – mais celle-ci se trompa à plusieurs reprises, et ils durent recommencer.

Elle ne sait même pas ce qu'elle dit, songea Chris. Ce carré et ces paroles ne figuraient pas dans le spectacle qu'elles donnaient en représentation sur les places publiques.

Quand Vahalla eut fini ses dessins dans le sable, elle leur demanda de s'approcher l'un de l'autre ; ils demeuraient dans le carré, et elle se tenait en dehors.

Puis elle se tourna vers Paulo, le regarda droit dans les yeux et lui remit son fouet.

— Guerrier, tu es prisonnier de ton destin, du pouvoir de ces lignes et de ces noms sacrés. Guerrier vainqueur d'une bataille, tu es dans ton château et tu recevras la récompense.

Paulo créa mentalement les murs de son château. Dès lors, le défilé, les Valkyries, Chris, Vahalla, plus rien n'avait d'importance.

Il était un acteur du Théâtre Sacré. Du Rituel Qui Abat les Rituels.

— Prisonnière, poursuivit Vahalla en s'adressant à la jeune femme, ta défaite est humiliante. Tu n'as pas su défendre ton armée avec honneur. Les Valkyries descendront des cieux pour recueillir ton corps lorsque tu mourras. Mais en attendant, tu recevras le châtiment que méritent les perdants.

D'un geste brusque, elle déchira le tee-shirt de la jeune femme.

— Le spectacle commence ! Voici, guerrier, ton trophée !

Et elle poussa violemment la jeune femme. Celle-ci tomba et se blessa au menton. Un peu de sang se mit à couler.

Paulo s'agenouilla à côté d'elle. Ses mains serraient le fouet de Vahalla, qui semblait avoir une force propre. Effrayé, il sortit un instant des murs imaginaires de son château pour revenir au défilé.

— Elle s'est vraiment blessée, s'écria-t-il. Elle a besoin de soins.

— Guerrier, voici ton trophée ! répéta Vahalla, en s'éloignant. La femme qui connaît le secret que tu cherches. Arrache-lui ce secret ou renonce pour toujours.

« *Non nobis, Domine, non nobis, sed nomini Tuo da Gloriam* [6] », prononça-t-il à voix basse, en répétant la devise des Templiers. Il devait vite prendre une décision. Il se souvint de l'époque où il ne croyait en rien, où il pensait que tout n'était que mise en scène – et, malgré tout, les choses s'étaient transformées en ce qu'elles étaient : la vérité.

Il était devant le Rituel Qui Abat les Rituels. Un moment sacré dans la vie d'un mage.

Et il y avait une jeune femme blessée à ses pieds.

« *Sed nomini Tuo da Gloriam* », dit-il de nouveau. Puis il revêtit le corps astral du personnage que Vahalla lui avait suggéré. Le Rituel Qui Abat les Rituels commençait à surgir. Plus rien n'avait d'importance – hormis ce chemin inconnu, cette femme effrayée à ses pieds et un secret qui devait être arraché. Il marcha autour de sa victime, en se souvenant de l'époque où la morale était tout autre – où posséder les femmes faisait partie des lois du combat. C'était pour ça que les hommes risquaient leurs vies dans les guerres : pour de l'or et pour des femmes.

— J'ai gagné, cria-t-il à la jeune femme. Et tu as perdu.

Il s'agenouilla et l'attrapa par les cheveux. Elle plongea ses yeux dans les siens.

— Nous gagnerons, répliqua-t-elle. Nous connaissons les lois de la victoire.

Il la jeta brutalement à terre.

— La seule loi de la victoire est de gagner.

— Vous croyez avoir gagné, reprit la prisonnière. Mais vous n'avez remporté qu'une bataille. C'est nous qui l'emporterons.

Qui était cette femme pour oser lui parler de la sorte ? Mais il ne devait pas se laisser distraire. Il devait découvrir le secret qu'il cherchait depuis si longtemps.

— Enseigne-moi la vision de l'ange, ordonna-t-il, en s'efforçant de garder un ton calme. Et tu seras libérée.

— Je suis libre.

— Non, tu ne connais pas les lois de la victoire. C'est pour ça que nous l'avons emporté contre vous.

La femme sembla un peu perdue. L'homme parlait de lois.

— Parle-moi de ces lois. Et je te révélerai le secret de l'ange.

La prisonnière proposait un échange. Il pouvait la torturer, la détruire. Elle était là, par terre, à ses pieds – et pourtant, elle proposait un échange.

C'est une femme étrange, songea-t-il. Peut-être n'avouerait-elle rien sous la torture. Mieux valait opter pour le troc. Il évoquerait les cinq lois de la victoire, parce qu'elle ne sortirait jamais de là vivante.

— La Loi Morale : il faut lutter du bon côté, et c'est pour ça que nous gagnons. La Loi du Temps : une guerre sous la pluie est différente d'une guerre au soleil, une bataille en hiver est différente d'une bataille en été.

Il aurait pu lui mentir à présent. Mais il manquait de temps pour inventer de fausses lois. Elle remarquerait son hésitation.

— La Loi de l'Espace, poursuivit-il, optant pour la vérité : une guerre dans un défilé est différente d'une guerre en rase campagne. La Loi du Choix : le guerrier sait choisir qui le conseille et qui se tiendra à ses côtés pendant le combat. Un chef ne peut pas s'entourer de lâches ou de traîtres.

Il se demanda un instant s'il devait ou non continuer. Mais il avait déjà donné les quatre premières lois.

— La Loi de la Stratégie : la façon dont on planifie le combat.

C'était tout. Les yeux de la jeune femme brillaient.

— Maintenant, parle-moi des anges.

Elle le fixa sans rien dire. Elle avait obtenu la formule, même s'il était trop tard. Ces vaillants guerriers ne perdaient jamais une bataille – et la légende disait qu'ils recouraient aux cinq lois de la victoire. Désormais, elle les connaissait.

Même si ça ne l'avançait à rien, elle les connaissait. Elle pouvait mourir en paix. Elle méritait la punition qu'elle allait recevoir.

— Parle-moi des anges, répéta le guerrier.

— Non, je ne te parlerai pas des anges.

Les yeux du guerrier changèrent d'expression et elle s'en réjouit. Il n'aurait pas de pitié. C'était ce qu'elle redoutait : qu'il se laisse emporter par la Loi Morale et lui épargne la vie. Elle ne le méritait pas. Elle était coupable – coupable des dizaines, des centaines de fois durant sa courte vie. Elle avait déçu ses parents, déçu les hommes qui s'étaient approchés d'elle. Elle avait déçu les guerriers qui avaient lutté à ses côtés. Elle s'était laissée capturer – elle était faible. Elle méritait la punition.

— La haine ! entendirent-ils une voix de femme crier au loin. Le sens du rituel est la haine !

— Nous avons passé un accord, dit le guerrier, cette fois d'une voix coupante comme l'acier. J'ai rempli ma part du contrat.

— Tu ne me laisseras pas en sortir vivante, répliqua-t-elle. Mais au moins, j'ai eu ce que je voulais. Même si ça ne me sert à rien.

« La haine ! » La voix lointaine faisait déjà effet. Le guerrier laissait place à ses pires sentiments. La haine grandissait dans son cœur.

— Tu souffriras, prévint-il. Tu passeras par les pires tourments.

— Je souffrirai.

Je le mérite, songeait-elle. Elle méritait la douleur, la punition, la mort. Dès l'enfance, elle avait refusé de lutter – elle croyait qu'elle n'en était pas capable, elle acceptait tout et n'importe quoi venant des autres, elle subissait en silence les injustices dont elle était victime. Elle voulait que tout le monde voie à quel point elle était gentille, un cœur sensible capable d'aider le monde entier. Elle voulait qu'on l'aime à tout prix. Dieu lui avait donné une belle vie et elle n'avait pas été capable d'en profiter. Au lieu de ça, elle avait quémandé l'amour des autres, vécu la vie que les autres voulaient qu'elle vive, tout ça pour montrer que son cœur était bon et qu'elle pouvait plaire à tous.

Elle avait été injuste envers Dieu, elle avait gâché sa vie. À présent, elle avait besoin d'un bourreau qui l'enverrait rapidement en enfer.

Le guerrier sentit le fouet prendre vie dans ses mains. Pendant une minute, ses yeux croisèrent de nouveau ceux de sa prisonnière.

Il espéra qu'elle allait changer d'avis, demander pardon. Mais, au lieu de ça, elle s'arc-bouta des pieds et des mains pour se préparer au coup.

La Loi Morale. Soudain, tout avait disparu, hormis la rage d'avoir été trahi par une prisonnière. La haine venait par vagues, et il découvrait à quel point il était capable d'être cruel. Il avait toujours été floué, il avait toujours laissé son cœur s'affaiblir dans les moments où il devait rendre justice. Il avait toujours pardonné – non pas parce qu'il était une bonne personne, mais parce qu'il était lâche, qu'il avait peur de ne pas réussir à aller jusqu'au bout.

Vahalla regarda Chris. Chris regarda Vahalla. Le clair de lune ne leur permettait pas de distinguer clairement leurs regards, et c'était mieux ainsi.

Toutes deux avaient peur de montrer ce qu'elles éprouvaient.

— Pour l'amour de Dieu ! cria la femme une fois de plus, avant que le coup ne soit lancé.

Le guerrier arrêta net le fouet en l'air.

Mais l'ennemi était bien là.

— C'est bon, annonça Vahalla. Ça suffit.

Les yeux de Paulo étaient vitreux. Il attrapa Vahalla par les épaules.

— J'ai cette haine ! hurla-t-il. Je ne fais pas semblant ! J'ai libéré des démons que je ne connaissais pas !

Vahalla lui ôta le fouet des mains et alla voir si Rotha était blessée.

La jeune femme pleurait, la tête entre les genoux.

— Tout était vrai, s'écria-t-elle, en tombant dans les bras de Vahalla. Je l'ai provoqué, je l'ai utilisé pour me punir. Je voulais qu'il me détruise, qu'il me tue. Mes parents disent que c'est ma faute, mes frères et sœurs aussi, je n'ai commis que des erreurs dans la vie.

— Va enfiler un autre tee-shirt, lui demanda Vahalla.

Elle se leva, ajusta son tee-shirt déchiré.

— Je veux rester comme ça.

Vahalla hésita un instant, mais ne répondit rien. Elle se dirigea vers la paroi du canyon et se mit à la gravir. Quand elle arriva en haut, à côté de trois Valkyries, elle fit signe à Rotha, Paulo et Chris de remonter.

Ils gravirent la paroi en silence ; la lune éclairait le chemin, la roche offrait de nombreuses fentes, l'ascension était facile. D'en haut, le paysage ressemblait à une immense plaine, striée de canyons.

Vahalla demanda à la jeune femme et à Paulo de se mettre face à face, l'un contre l'autre.

— Je t'ai fait mal ? lui demanda-t-il.

Il était horrifié de lui-même.

Rotha fit non de la tête. Elle avait honte – jamais elle ne parviendrait à être comme l'une de ces femmes à ses côtés. Elle était faible.

Vahalla prit les foulards de deux Valkyries, les noua et les passa à la taille de l'homme et de la femme, pour les attacher ensemble. De là où elle était, Chris pouvait voir la lune former un halo autour d'eux. La scène était belle – si l'on oubliait tout ce qui s'était passé, si cet homme et cette femme n'étaient pas à la fois aussi loin et aussi proches l'un de l'autre.

— Je suis indigne de voir mon ange, dit la Valkyrie. Je suis faible, mon cœur est empli de honte.

— Je suis indigne de voir mon ange, dit Paulo à son tour, pour que toutes l'entendent. J'ai la haine au cœur.

— Mon cœur a aimé plusieurs femmes. Et il a repoussé l'amour des hommes, reprit Rotha.

— J'ai nourri des haines pendant des années et je me suis vengé quand ça n'avait plus d'importance, poursuivit Paulo. Mes amis m'ont toujours pardonné mais moi je n'ai jamais su accorder mon pardon.

Vahalla se tourna vers la lune.

— Nous sommes là, Archange. Que la volonté du Seigneur soit faite. Notre héritage est la haine et la peur, l'humiliation et la honte. Que la volonté du Seigneur soit faite.

« Pourquoi n'a-t-il pas suffi de fermer les portes du Paradis ? Était-il nécessaire que nous portions aussi l'Enfer dans nos âmes ? Si telle est la volonté du Seigneur, sache que toute l'humanité l'accomplit à travers les générations. »

(Vahalla marche autour d'eux.)

PRÉFACE ET SALUTATION

Loué soit Notre Seigneur Jésus-Christ, loué soit-il pour toujours.

Avec Toi parlent les guerriers de la culpabilité.

Ceux qui ont toujours utilisé les meilleures armes qu'ils possédaient – mais contre eux-mêmes.

Ceux qui se jugent indignes des bénédictions. Ceux qui pensent qu'ils n'ont pas été faits pour le bonheur. Ceux qui se sentent pires que les autres.

Avec Toi parlent ceux qui ont atteint les portes de la libération, ont regardé le Paradis et se sont dit : « Nous ne devons pas entrer ; nous ne le méritons pas. »

Avec Toi parlent ceux qui ont un jour fait l'expérience du jugement de leur prochain, et qui ont pensé que la majorité avait raison.

Avec Toi parlent ceux qui se sont jugés et condamnés eux-mêmes.

(L'une des Valkyries remet son fouet à Vahalla. Elle le lève en l'air.)

PREMIER ÉLÉMENT : L'AIR

Ici se trouve le fouet. Si nous agissons de la sorte, il nous punit.

Il nous punit parce que nous sommes différents. Parce que nous sommes ceux qui ont osé rêver et croire en des choses auxquelles plus personne ne croit.

Il nous punit parce que nous défions ce qui existe, ce que tous acceptent, ce que la majorité ne veut pas changer.

Il nous défie parce que nous parlons de Foi mais nous nous sentons désespérés. Nous parlons d'Amour mais nous ne recevons ni la tendresse ni la consolation que nous pensons mériter. Nous parlons de Liberté mais nous restons prisonniers de nos fautes.

Et cependant, Seigneur, même si je lève ce fouet très haut, au point de toucher les étoiles, je ne rencontrerai pas Ta main.

Parce qu'elle est sur nos têtes. Elle nous caresse et nous dit : « Ne souffrez plus. J'ai déjà assez souffert ». Et aussi :

« Moi aussi j'ai rêvé, cru en un monde nouveau. J'ai parlé d'Amour tout en demandant au Père qu'il éloigne mon calice. J'ai défié ce qui existait et que la majorité ne souhaitait pas changer. J'ai pensé avoir mal agi quand j'ai fait mon premier miracle : changer l'eau en vin pour animer une fête. J'ai senti le regard sévère de mes semblables, j'ai crié : « Père, Père, pourquoi m'as-Tu abandonné ? »

« Ils ont déjà utilisé le fouet contre moi. Vous n'avez pas besoin de souffrir davantage. »

(Vahalla lâche son fouet par terre et lance du sable au vent.)

SECOND ÉLÉMENT : LA TERRE

Nous appartenons à ce monde, Seigneur. Et il est peuplé de nos craintes.

Nous écrirons nos fautes dans le sable, et le vent du désert se chargera de les dissiper.

Maintiens notre main ferme et fais en sorte que nous ne renoncions pas à lutter, même si nous nous sentons indignes de la bataille.

Utilise notre vie, alimente nos rêves. Si nous sommes faits de la Terre, la Terre aussi est faite de nous. Tout est une seule et unique chose.

Instruis-nous et utilise-nous. Nous sommes tiens pour toujours.

La Loi a été réduite à un commandement : « Tu aimeras ton prochain comme toi-même ».

Si nous aimons, le monde se transforme. La lumière de l'Amour dissipe les ténèbres de la culpabilité.

Maintiens la fermeté de notre Amour. Fais-nous accepter l'Amour que Dieu nous porte.

Montre-nous notre Amour envers nous-même.

Force-nous à chercher l'Amour de notre prochain. Malgré la peur du rejet, des regards sévères, de la dureté de certains cœurs – fais que jamais nous ne renoncions à chercher l'Amour.

(L'une des Valkyries tend une torche à Vahalla. Celle-ci prend son briquet et l'allume, avant de la lever en l'air.)

TROISIÈME ÉLÉMENT : LE FEU

Tu as dit, Seigneur : « Je suis venu apporter un feu sur la Terre, et comme je voudrais qu'il soit déjà allumé ! »

Que le feu de l'Amour brûle dans nos cœurs.

Que le feu de la transformation brûle dans nos gestes.

Que le feu de la purification brûle nos fautes.

Que le feu de la justice conduise nos pas.

Que le feu de la sagesse éclaire notre chemin.

Que le feu que tu as répandu sur la Terre ne s'éteigne jamais. Il est de retour, et nous le portons avec nous.

Les générations antérieures transmettaient leurs péchés aux générations suivantes. Et il en fut ainsi, jusqu'à nos parents.

À présent, cependant, nous transmettrons la torche de Ton feu.

Nous sommes des guerriers et des guerrières de la Lumière, cette lumière que nous portons avec fierté.

Ce feu, en étant allumé pour la première fois, nous a révélé nos fautes et notre culpabilité. Nous avons été surpris, effrayés, et nous nous sommes sentis incapables.

Mais c'était le feu de l'Amour. Et quand nous l'avons accepté, il a brûlé ce qu'il y avait de mal en nous.

Il nous a montré que nous ne sommes ni pires ni meilleurs que ceux qui nous regardent sévèrement.

C'est pourquoi nous acceptons le pardon. Il n'y a plus de faute, nous pouvons retourner au Paradis. Et nous guiderons le feu qui brûlera sur Terre.

(Vahalla coince la torche dans un rocher. Puis elle ouvre sa gourde et verse un peu d'eau sur les têtes de Paulo et de Rotha.)

QUATRIÈME ÉLÉMENT : L'EAU

Tu as dit : « Celui qui boira de cette eau n'aura jamais soif. »

Eh bien, nous buvons de cette eau. Nous lavons nos fautes, pour l'amour de la Transformation qui va ébranler la Terre.

Nous écouterons ce que les anges disent, nous serons les messagers et les messagères de leurs paroles.

Nous lutterons avec les meilleures armes et les chevaux les plus véloces.

La porte est ouverte. Nous sommes dignes d'entrer.

— Seigneur Jésus-Christ, qui avez dit à vos apôtres : « Je vous laisse ma paix, je vous donne ma paix », ne regardez pas nos péchés, mais la foi qui anime votre assemblée.

Chris connaissait ce passage. Il était aussi utilisé dans le rite catholique.

— Agneau de Dieu, qui enlèves les péchés du monde, prends pitié de nous, conclut Vahalla, en dénouant les foulards qui les unissaient. Vous êtes libres.

Vahalla s'approcha alors de Paulo.

L'attaque, pensa Chris. *L'attaque du serpent va arriver. Le prix à payer, c'est lui. Elle est amoureuse. Si la Valkyrie annonce son prix, il va l'accepter, et il y prendra plaisir. Je ne peux pas me taire – parce que je suis une femme banale, je ne connais pas les lois du monde des anges. Ni lui ni elle ne voient que dans ce désert je suis déjà morte plusieurs fois, et que j'ai connu autant de renaissances. Ils ne s'aperçoivent pas que je parle avec mon ange, que mon âme a grandi. Ils se sont habitués à moi, ils pensent savoir ce que je pense.*

Moi je l'aime. Elle, elle est juste amoureuse.

— MAINTENANT C'EST ENTRE TOI ET MOI, VALKYRIE ! Le Rituel Qui Abat les Rituels !

Le hurlement de Chris résonna dans le désert sinistre, baigné par le clair de lune.

Vahalla attendait ce cri. Elle avait déjà vaincu la culpabilité et savait que ce qu'elle voulait n'était pas un crime. Juste un caprice. Elle méritait de cultiver ses caprices – son ange lui avait enseigné que ces choses-là n'éloignent personne de Dieu et de la tâche sacrée que chacun doit réaliser dans la vie.

Elle se souvint de la première fois qu'elle avait vu Chris, dans le snack-bar. Un frisson l'avait parcourue, et d'étranges intuitions – qu'elle ne parvenait pas à comprendre – s'étaient emparées d'elle. *Elle a dû ressentir la même chose*, songea-t-elle.

Paulo ? Elle avait accompli sa mission le concernant. Et, sans qu'il le sache, le prix qu'il avait payé était élevé : tandis qu'ils se promenaient tous les deux dans le désert, elle avait appris plusieurs rituels que J. n'utilisait qu'avec ses disciples. Il lui avait tout raconté.

Mais elle le désirait aussi en tant qu'homme. Non pas pour ce qu'il était – mais pour ce qu'il savait. C'était un caprice, et son ange pardonnait les caprices.

Elle regarda Chris de nouveau.

J'en suis au dixième tour. Moi aussi, je dois changer. Cette femme est un émissaire des anges.

— Le Rituel Qui Abat les Rituels, répondit la Valkyrie. Que Dieu envoie les personnages !

Elle acceptait le défi. Pour elle aussi, il était temps d'évoluer.

Elles se mirent à tourner en suivant un cercle imaginaire, les yeux dans les yeux, à la façon des vieux cowboys de l'Ouest lors d'un duel. Le silence était total – comme si le temps s'était arrêté.

Quasiment tout le monde ici comprenait ce qui se passait, parce que c'étaient des femmes, habituées à lutter par amour.

Le décor changeait, le personnage de Chris commençait à apparaître. Avec des vêtements de cuir, un foulard noué sur la tête, une médaille de l'archange Michel au milieu de la poitrine. Elle revêtait le personnage de la force, de la femme qu'elle admirait et qu'elle aurait aimé être. Elle devenait Vahalla.

Chris fit un geste de la tête et toutes deux s'arrêtèrent. Vahalla avait reconnu son personnage – elle était face à un miroir imaginaire.

Elle pouvait s'y observer. Elle connaissait par cœur l'art de la guerre, mais elle avait oublié les leçons de l'amour. Elle connaissait les cinq lois de la victoire, couchait avec les hommes qu'elle voulait, mais elle avait oublié l'art de l'amour.

Elle se regarda reflétée dans l'autre ; elle avait assez de pouvoir pour la réduire en pièces. Mais son propre personnage surgissait aussi peu à peu, prenait forme, et c'était un personnage qui, bien qu'aussi puissant, n'était pas habitué à ce genre de lutte.

Son personnage apparaissait – elle le voyait avec clarté. Elle se changeait en une femme amoureuse, qui accompagnait son homme, portant son épée quand c'était nécessaire et le protégeant de tous les dangers. C'était une femme forte, même si elle semblait faible. Une femme qui empruntait le chemin de l'amour comme la seule voie possible pour atteindre la Sagesse, un chemin où les mystères se révélaient à travers le Dévouement et le Pardon.

Vahalla devenait Chris.

Et Chris se voyait, reflétée dans l'autre.

Elle se dirigea lentement vers le précipice. Vahalla l'imita. Elles s'approchèrent toutes deux de l'abîme. Une chute ici pouvait être mortelle ou causer de sérieuses blessures. Chris s'arrêta tout au bord, laissant le temps à l'autre de la rejoindre.

Le sol était dix mètres plus bas, et la lune des milliers de kilomètres plus haut. Entre la lune et le sol, deux femmes s'affrontaient.

— C'est mon homme. Ne t'en empare pas par simple caprice. Tu ne l'aimes pas, déclara Chris.

Vahalla garda le silence.

— Je vais faire un pas de plus, continua-t-elle. Je survivrai. Je suis une femme de courage.

— J'irai avec toi, répliqua Vahalla.

— Non. À présent, tu connais l'amour. C'est un monde immense, tu passeras toute ta vie à essayer de le comprendre.

— Je ne sauterai pas si tu ne sautes pas. À présent, tu connais ta force. Ton horizon s'est doté de montagnes, de vallées, de déserts. Ton âme est grande et grandira de plus en plus. Tu as découvert ton propre courage, et cela suffit.

— Cela suffit, si ce que je t'ai enseigné remplace le prix que tu t'apprêtais à demander.

Il y eut un long silence. Soudain, la Valkyrie se tourna vers Chris.

Et elle l'embrassa.

— J'accepte ce prix. Merci pour ton enseignement.

Chris ôta sa montre de son poignet. C'était tout ce qu'elle avait à offrir sur le moment.

— Merci pour ton enseignement, répondit-elle. À présent, je connais ma force. Je ne l'aurais jamais connue si je n'avais pas incarné une femme étrange, belle et puissante.

Avec toute sa tendresse, elle mit sa montre au poignet de Vahalla.

Le soleil brillait dans la Vallée de la Mort. Les Valkyries nouaient leurs foulards pour protéger leurs visages – ne laissant apparaître que leurs yeux. Les chevaux étaient farouches et excités.

Vahalla s'approcha, en tirant son animal par la bride.

— Vous ne pouvez pas venir avec nous. Tu dois voir ton ange.

— Il manque quelque chose, réagit Paulo. Le pari.

— Les paris et les pactes se font directement avec les anges. Ou avec les démons.

— Je ne sais toujours pas comment voir mon ange.

— Tu as rompu l'accord. Et accepté le pardon. Ton ange apparaîtra pour le pari.

Les chevaux ne tenaient pas en place. Elle mit le foulard sur son visage, monta en selle et se tourna vers Chris.

— Je serai toujours en toi, déclara Chris. Et tu seras toujours en moi.

Vahalla ôta son gant et le lança vers elle. Puis elle leva son fouet. Les chevaux partirent, laissant dans leur sillage un immense nuage de poussière.

Un homme et une femme marchaient dans le désert. Ils s'arrêtaient dans des villes de milliers d'habitants et dans des hameaux tout juste dotés d'un motel, d'un restaurant et d'une pompe à essence. Personne ne posait de questions – et en fin d'après-midi, ils parcouraient rochers et montagnes, s'asseyaient face à l'endroit où la première étoile allait naître et communiquaient avec leurs anges.

Ils entendaient des voix, se donnaient mutuellement des conseils pour s'encourager, se remémoraient des souvenirs qui paraissaient définitivement oubliés dans quelque recoin du passé.

Elle finissait de canaliser la protection et la sagesse de son ange gardien, puis contemplait le coucher du soleil dans le désert.

Il restait assis, et attendait. Il attendait que son ange descende et se montre dans toute sa gloire. Il avait tout fait comme il le fallait, il devait patienter, à présent.

Il attendait une, deux, trois heures. Il ne se levait que lorsque la nuit tombait totalement ; alors, il entraînait sa femme et ils retournaient à la ville.

Ils dînaient, rentraient à l'hôtel. Elle faisait semblant de s'endormir, il restait le regard dans le vide.

Elle se levait au milieu de la nuit et allait le retrouver, lui demandait de venir se coucher avec elle. Elle prétextait qu'un mauvais rêve l'avait réveillée et qu'elle avait peur d'être seule dans le lit. Il s'allongeait à côté d'elle et demeurait silencieux.

— Tu communiques déjà avec ton ange, lui disait-elle dans ces moments. Je t'ai entendu parler pendant que tu canalisais. Ce sont des choses que tu n'as jamais dites encore, des conseils de sagesse... ton ange est bel et bien présent.

Il lui caressait les cheveux et restait muet. Elle se demandait si cette tristesse était vraiment liée à son ange ou plutôt à une femme qui était partie et qu'il ne reverrait plus jamais.

Cette question se coinçait dans sa gorge et revenait au silence de son cœur.

Paulo pensait certes à la femme qui était partie. Mais ce n'était pas ça qui le rendait triste. Le temps passait, il allait bientôt devoir rentrer dans son pays. Il allait retrouver l'homme qui lui avait enseigné l'existence des anges.

Cet homme, s'imaginait Paulo, *me dira que j'en ai fait assez, que j'ai rompu l'accord qui devait être rompu, que j'ai accepté un pardon que j'aurais dû accepter il y a longtemps. Oui, cet homme continuera à m'enseigner le chemin de la sagesse et de l'amour, et je serai de plus en plus proche de mon ange, je communiquerai avec lui tous les jours, je le remercierai pour sa protection et je lui demanderai son aide. Cet homme me dira que c'est suffisant.*

Oui, parce que J. lui avait enseigné, dès le début, qu'il existait des frontières. Qu'il fallait aller le plus loin possible – mais qu'à certains moments il fallait accepter le mystère et comprendre que chacun avait son propre don. Certains savaient soigner, d'autres détenaient la voix de la sagesse, d'autres encore parlaient avec les esprits, et ainsi de suite. C'était à travers la somme de ces dons que Dieu pouvait montrer Sa gloire, en utilisant l'être humain comme un instrument. Les portes du Paradis seraient ouvertes pour ceux qui décideraient d'y entrer. Le monde était dans les mains de ceux qui avaient le courage de rêver – et de vivre leurs rêves.

Chacun avec son talent. Chacun avec son Don.

Mais tout cela ne suffisait pas à consoler Paulo. Il savait que Took avait vu son ange gardien. Que Vahalla aussi. Que bien d'autres avaient laissé des livres, des histoires, des récits, racontant leur rencontre avec des anges.

Et lui, il ne parvenait pas à voir le sien.

Ils allaient quitter le désert six jours plus tard. Ils prirent donc le chemin du retour. Ils s'arrêtèrent sur la place d'une petite ville, dont la majorité de la population était constituée de personnes âgées. Cet endroit avait connu ses moments de gloire, à l'époque où la mine de fer voisine apportait emplois, prospérité et espoir à ses habitants. Mais pour une raison qu'ils ignoraient, la compagnie minière avait fermé le site et vendu les maisons aux anciens employés.

— Maintenant, nos enfants sont partis, leur racontait une femme qui s'était assise à leur table. Il ne reste plus personne, sauf les plus vieux. Un jour, cette ville va disparaître ; et tout notre travail, tout ce que nous avons construit, n'aura plus aucun sens.

Cela faisait très longtemps que personne n'était venu dans cette petite ville. La vieille dame était ravie d'avoir quelqu'un avec qui discuter.

— L'homme vient, il construit, il espère que son œuvre sera importante, reprit-elle. Mais du jour au lendemain, il découvre qu'il exigeait plus que ce que la terre pouvait donner. Alors il abandonne tout et s'en va, sans se rendre compte qu'il avait entraîné d'autres personnes dans son rêve... d'autres personnes qui, parce qu'elles sont trop faibles, finissent par rester sur le carreau. Comme les villes fantômes du désert.

C'est peut-être ce qui est en train de m'arriver, pensait Paulo. *Je me suis moi-même emmené, je me suis moi-même abandonné.*

Il se souvint qu'un dompteur, un jour, lui avait raconté comment il parvenait à garder les éléphants en captivité. Les animaux, encore petits, étaient attachés par des chaînes à un bâton court et épais. Ils essayaient de s'échapper mais n'y arrivaient pas ; ils passaient leur enfance à essayer, mais le morceau de bois était plus fort qu'eux.

Alors ils s'habituaient à la captivité. Et une fois grands et forts, il suffisait que le dompteur passe une chaîne à l'une de leurs pattes et l'attache à n'importe quoi – même à une brindille – pour qu'ils n'osent même pas essayer de se libérer. Ils étaient prisonniers du passé.

Les longues heures du jour leur paraissaient sans fin. Le ciel s'embrasait, la terre bouillonnait, et ils devaient attendre, attendre, attendre – jusqu'à ce que la couleur du désert reprenne ses douces tonalités de brique et de rose. Alors venait le moment de quitter la ville, de tenter une fois de plus la canalisation et d'attendre une fois de plus l'ange.

— Quelqu'un a dit que la terre produit assez pour satisfaire nos besoins, mais pas notre convoitise, poursuivit la vieille.

— Vous croyez aux anges, madame ?

La question surprit la vieille dame. Mais c'était le seul sujet qui intéressait Paulo.

— Quand on est vieux et que la mort approche, on se met à croire à n'importe quoi. Mais je ne sais pas si je crois aux anges.

— Ils existent.

— Vous en avez déjà vu un ?

Dans son regard se mêlaient l'incrédulité et l'espoir.

— Je parle avec mon ange gardien.

— Il a des ailes ?

C'était la question que tout le monde posait. Il avait oublié de la poser à Vahalla.

— Je ne sais pas, je ne l'ai pas encore vu.

Pendant quelques minutes, la vieille dame songea à quitter cette table. La solitude du désert rendait les gens fous. Il se pouvait aussi que cet homme se moque d'elle, pour passer le temps.

Elle eut envie de leur demander d'où ils venaient et ce qu'ils faisaient dans un endroit comme Ajo. Elle n'arrivait pas à reconnaître leur étrange accent.

Ils viennent peut-être du Mexique. Mais ils n'avaient pas l'air mexicains. Elle leur demanderait, quand l'occasion se présenterait.

— Je ne sais pas si vous vous moquez de moi, déclara-t-elle, mais comme je vous l'ai déjà dit, je suis proche de la mort. Je peux vivre encore cinq ans, dix ans ou vingt ans… mais à mon âge, on finit par comprendre qu'on va mourir.

— Moi aussi je sais que je vais mourir, intervint Chris.

— Non, pas comme un vieillard le sait. Pour vous, la mort est une idée lointaine, ça peut arriver un jour. Pour nous, c'est quelque chose qui peut arriver demain. C'est pour ça que beaucoup de vieux passent le temps qu'il leur reste à ne regarder que dans un sens : vers le passé. Ce n'est pas qu'ils aient une préférence pour les souvenirs, mais ils savent que là, ils n'y trouveront pas ce qu'ils redoutent. Peu de vieux regardent vers le futur, et j'en fais partie. Quand on le fait, on découvre ce que l'avenir nous réserve réellement : la mort.

Paulo ne dit rien. Il ne pouvait évoquer l'importance de la conscience de la mort pour ceux qui pratiquent la magie. La vieille dame quitterait la table si elle apprenait qu'il était un mage.

— C'est pour ça que j'aimerais croire que vous parlez sérieusement. Que les anges existent, conclut-elle.

— La mort est un ange, affirma Paulo. Je l'ai déjà vu deux fois dans cette incarnation, c'était très rapide, je n'ai pas pu distinguer son visage. Mais je connais des gens qui y sont parvenus et d'autres personnes qu'il a portées et qui me l'ont raconté. Ces personnes disent que son visage est beau et qu'il est doux.

Les yeux de la vieille dame fixèrent Paulo. Elle voulait y croire.

— Il a des ailes ?

— Il est fait de lumière. Il prendra la forme que vous pourrez accueillir le plus facilement, quand viendra le moment.

Elle garda le silence un moment. Puis elle se leva.

— Je n'ai plus peur. Je viens de prier et de demander que l'ange de la mort ait des ailes quand il viendra me rendre visite. Mon cœur me dit que je serai écoutée.

Elle leur fit une bise à chacun. Elle se fichait de savoir d'où ils venaient.

— C'est mon ange gardien qui vous a envoyés. Merci beaucoup.

Paulo se souvint de Took. Eux aussi venaient d'être l'instrument d'un ange.

Quand le soleil déclina, ils se rendirent dans la montagne près d'Ajo. Ils s'assirent, tournés vers l'est, en attendant la naissance de la première étoile. Après son apparition, ils pourraient commencer la canalisation.

Ils appelaient ce moment la « contemplation de l'ange ». C'était la première cérémonie qu'ils avaient créée depuis que le Rituel Qui Abat les Rituels avait balayé les précédentes.

— Je ne t'ai jamais demandé pourquoi tu veux voir ton ange gardien, fit remarquer Chris tandis qu'ils attendaient.

— Mais tu m'as déjà expliqué plusieurs fois que ça n'avait pas la moindre importance.

Sa voix était ironique. Elle fit semblant de ne pas le remarquer.

— D'accord. Mais ça a de l'importance pour toi. Explique-moi pour quelle raison.

— J'ai tout expliqué le jour où on a rencontré Vahalla.

— Tu n'as pas besoin d'un miracle, insista-t-elle. Tu veux satisfaire un caprice.

— Il n'y a pas de caprices dans le monde spirituel. Que tu l'acceptes ou non.

— Et alors ? Toi, tu n'as pas accepté ce monde qui est le tien, peut-être ? Ou tout ce que tu as dit était faux ?

Elle parle sans doute de l'histoire que j'ai racontée dans la mine, songea Paulo. C'était difficile de répondre – mais il allait essayer.

— J'ai déjà vu des miracles, se lança-t-il. Beaucoup de miracles. Nous en avons même vu quelques-uns ensemble. Nous avons vu J. ouvrir des trous dans des nuages, emplir de lumière l'obscurité, déplacer des objets. Tu m'as vu lire dans les pensées, faire venter, exécuter des rituels de pouvoir. J'ai vu la magie faire son œuvre à de nombreuses reprises dans ma vie, pour le Bien et pour le Mal. Je n'ai aucun doute à ce sujet.

Il marqua une longue pause.

— Mais nous aussi, nous nous habituons aux miracles. Et nous avons toujours besoin de plus. La foi est une conquête difficile, et pour se maintenir, elle exige des combats au quotidien.

L'étoile allait surgir, il devait finir son explication tout de suite. Mais Chris l'interrompit.

— C'est aussi le cas de notre mariage. Et je n'en peux plus.

— Je ne comprends pas. Je te parle du monde spirituel.

— J'arrive à te suivre uniquement parce que je connais ton amour, répondit-elle. Nous sommes ensemble depuis très longtemps et, passé les deux premières années de joie et de passion, chaque jour a été pour moi un défi. Ça a été très difficile de maintenir la flamme de l'amour allumée.

Elle regretta un peu d'avoir abordé ce sujet – mais elle irait jusqu'au bout.

— Un jour, tu m'as dit que le monde se partage entre les agriculteurs, qui aiment la terre et la cueillette, et les chasseurs, qui aiment les forêts sombres et les conquêtes. Tu m'as dit que j'étais une agricultrice, comme J., qui emprunte le chemin de la sagesse à travers la contemplation. Mais que j'étais mariée à un chasseur.

Tout allait très vite dans sa tête, elle ne pouvait plus s'arrêter de parler. Elle avait peur que l'étoile surgisse.

— Comme ça a été dur, comme c'est dur, d'être mariée avec toi ! Tu es comme Vahalla, comme les Valkyries, qui ne sont jamais sereines, qui ne savent vivre que l'émotion forte de la chasse, des risques, des nuits sombres à la recherche d'une proie. Au début, j'ai cru que je n'arriverais pas à vivre avec ça, moi qui cherchais une vie identique à celle de tant d'autres femmes, et qui étais mariée à un mage ! Un mage dont le monde est régi par des lois que je ne connais pas, un homme qui a toujours besoin d'un défi pour avoir l'impression de vivre.

Elle le regarda dans les yeux.

— J. n'est pas un mage bien plus puissant que toi ?

— Il est beaucoup plus sage. Il a beaucoup plus d'expérience et de connaissances. Il suit la voie de l'agriculteur, et c'est sur cette voie qu'il trouve son pouvoir. Moi je ne parviendrai à trouver le mien que sur la voie du chasseur.

— Alors pourquoi t'a-t-il choisi comme disciple ?

Paulo eut un rire.

— Pour la même raison que tu m'as pris pour mari. Parce que nous sommes différents.

— Vahalla, tous tes amis et toi, vous ne pensez qu'à la Conspiration. Rien d'autre n'a d'importance... vous êtes obsédés par cette histoire de changements, de mondes nouveaux qui vont surgir. Je crois en ce nouveau monde, mais, mince ! Ça doit vraiment être comme ça ?

— Comme ça comment ?

Elle réfléchit une minute. Elle ne savait pas exactement pourquoi elle avait dit ça.

— Plein de conspirations.

— C'est toi qui as inventé ce terme.

— Mais je sais que c'est vrai. Et tu me l'as confirmé toi-même.

— J'ai dit que les portes du Paradis étaient ouvertes, pendant un moment, pour ceux qui veulent y entrer. Mais j'ai aussi dit que chacun a son propre chemin, et que seul notre ange gardien peut nous indiquer quel est le bon.

Pourquoi est-ce que je fais ça ? Qu'est-ce qui m'arrive ? s'interrogea-t-elle.

Elle se souvint des gravures de son enfance, où des anges conduisaient des enfants jusqu'au bord d'un abîme. Elle était surprise de ses propres paroles. Elle s'était déjà beaucoup disputée avec Paulo, mais jamais ils n'avaient parlé de magie comme ils le faisaient à présent.

Cependant – au cours de ces presque quarante jours dans le désert –, son âme avait grandi, elle avait découvert qu'elle avait une pensée involontaire, elle avait affronté une femme de pouvoir. Elle avait connu plusieurs morts et plusieurs renaissances, dont elle était sortie plus forte.

J'ai pris du plaisir à la chasse, songea-t-elle.

Oui. C'était ça qui la rendait folle : depuis le jour où elle avait défié Vahalla en duel, elle avait l'impression qu'elle avait gâché sa vie.

Non, je ne peux pas accepter ça. Je connais J., c'est un agriculteur, et c'est une personne éclairée. J'ai communiqué avec mon ange avant Paulo. Je sais parler avec lui aussi bien que Vahalla – bien que son langage soit encore un peu confus pour moi, se dit-elle.

Mais elle était pleine d'appréhension. Peut-être s'était-elle trompée quand elle avait choisi sa façon de vivre.

Je dois continuer à parler. Je dois me convaincre moi-même que je ne me suis pas trompée.

— Tu as toujours besoin d'un miracle supplémentaire, et tu en auras toujours besoin. Tu ne seras jamais content, et tu ne comprendras jamais que le Royaume des cieux ne peut pas être pris d'assaut.

(*Mon Dieu, faites que son ange lui apparaisse, c'est si important pour lui ! Faites que je me trompe, Seigneur !*)

— Tu ne m'as pas laissé m'expliquer, répliqua-t-il.

Mais à ce moment précis, la première étoile surgit à l'horizon.

C'était l'heure de la canalisation.

Ils s'assirent et, après un bref moment de relaxation, ils entreprirent de se concentrer sur la pensée involontaire. Chris réssassait la dernière phrase de Paulo – c'était vrai, elle ne lui avait pas laissé l'opportunité de répondre.

Désormais, c'était trop tard. Elle devait laisser sa pensée involontaire lui raconter ses problèmes ennuyeux, lui répéter plusieurs fois la même chose, lui montrer les tracasseries de toujours. Et ce soir-là, sa pensée involontaire avait envie de blesser son cœur. Elle lui disait qu'elle avait pris le mauvais chemin et n'avait découvert son destin qu'en vivant l'expérience du personnage de Vahalla.

Qu'il était trop tard pour changer, qu'elle avait tout raté, qu'elle passerait le reste de sa vie à suivre les pas de son mari – sans goûter aux forêts sombres et à la poursuite de la proie.

Qu'elle avait rencontré le mauvais homme, qu'elle aurait mieux fait d'épouser un agriculteur. Que Paulo avait d'autres femmes, et que c'étaient des femmes chasseresses, qu'il retrouvait au clair de lune et lors de rituels magiques. Qu'elle devait le quitter pour qu'il ait une chance d'être heureux avec une femme comme lui.

Elle argumenta plusieurs fois, opposant qu'elle se moquait qu'il y ait d'autres femmes, qu'elle ne comptait pas le quitter, jamais. Parce que l'amour n'a pas de logique ni de raison. Mais la pensée involontaire revenait à la charge – aussi décida-t-elle d'arrêter de discuter, d'écouter en silence, jusqu'à ce que le débat s'éteigne tout seul et laisse place au silence.

Alors une sorte de brouillard s'empara peu à peu de ses pensées. La canalisation avait commencé. Une indescriptible sensation de paix l'envahit, comme si les ailes de son ange recouvraient le désert tout entier, afin que rien de mal ne puisse lui arriver. Quand elle canalisait, elle éprouvait un immense amour envers elle-même et l'Univers.

Elle garda les yeux ouverts, pour demeurer bien consciente, mais des cathédrales se mirent à apparaître. Elles surgissaient d'entre les brumes, c'étaient d'immenses églises qu'elle n'avait jamais visitées et qui, pourtant, existaient quelque part sur Terre. Les premiers jours, ce n'étaient que des choses confuses, des chants indigènes mêlés à des mots dépourvus de sens ; et à présent, son ange gardien lui montrait des cathédrales. Cela avait un sens, même si elle n'arrivait pas encore à comprendre lequel.

Cependant, ses échanges avec lui ne faisaient que commencer. Au fil des jours, elle parvenait à le comprendre de mieux en mieux. D'ici peu, elle communiquerait avec lui avec autant de facilité que si elle discutait avec une personne parlant sa langue. C'était juste une question de temps.

La montre de Paulo sonna. Vingt minutes avaient passé. La canalisation s'achevait.

Elle le regarda. Elle savait ce qui allait se produire : il allait rester silencieux, et d'ici peu il serait triste. Son ange n'était pas apparu. Alors ils retourneraient au petit motel d'Ajo, et il sortirait faire un tour, tandis qu'elle essaierait de s'endormir.

Elle attendit qu'il se lève, puis elle se leva aussi. Mais au lieu de la tristesse, un étrange éclat brillait dans les yeux de Paulo.

— Je verrai mon ange gardien, déclara-t-il. Je sais que je le verrai. J'ai fait le pari.

« Le pari, tu le feras avec ton ange », avait indiqué Vahalla. Jamais elle n'avait dit : « Le pari, tu le feras avec ton ange, quand il apparaîtra. » Et pourtant, c'était ce qu'il avait compris. Il avait attendu pendant une semaine qu'il lui apparaisse. Il était prêt à accepter n'importe quel pari, parce que l'ange est la Lumière, et que la Lumière est ce qui justifie l'existence de l'Homme. Il avait confiance en la Lumière, de la même façon que, quatorze ans plus tôt, il avait douté des ténèbres. À l'inverse de l'expérience perfide des ténèbres, la Lumière établissait ses règles avant, pour que ceux qui les acceptaient sachent qu'ils s'engageaient aussi dans l'amour et la miséricorde.

Il avait rempli les deux premières conditions et presque failli à la troisième – la plus simple ! Pourtant, la protection de son ange n'avait pas manqué et, pendant la canalisation… ah, commc il était bon d'avoir appris à communiquer avec les anges ! Maintenant il savait qu'il pouvait le voir, parce que la troisième condition était satisfaite.

— J'ai rompu un accord. J'ai accepté un pardon. Et aujourd'hui, j'ai fait un pari. J'ai la foi et j'y crois. Je crois que Vahalla connaît le chemin de la vision de l'ange.

Ses yeux brillaient. Cette nuit, il n'y aurait ni marche nocturne ni insomnie. Il était absolument certain de sa réussite. Une demi-heure plus tôt, il réclamait un miracle – et maintenant cela n'avait plus d'importance.

Alors, cette nuit-là, c'est Chris qui ne trouverait pas le sommeil et qui parcourrait les rues désertes de Ajo, en implorant Dieu de faire un miracle, parce que l'homme qu'elle aimait avait besoin de voir son ange gardien. Son cœur se serrait, plus que jamais. Elle aurait peut-être préféré un Paulo dans le doute, un Paulo qui avait besoin d'un miracle, un Paulo qui semblait avoir perdu la foi. Si l'ange apparaissait, tout irait bien ; si, à l'inverse, il demeurait invisible, ils pourraient toujours accuser Vahalla de leur avoir mal transmis les enseignements. Et cette expérience se résumerait à l'une des leçons les plus amères que Dieu ait enseignées à l'homme en fermant les portes du Paradis : la déception.

Mais non. À présent, elle avait devant elle un homme prêt à parier sur sa vie qu'il était possible de voir les anges. Et sa seule et unique garantie était la parole d'une femme qui parcourait le désert à cheval, en parlant de nouveaux mondes qui allaient advenir.

Peut-être Vahalla n'avait-elle jamais vu d'anges. Ou peut-être ce qui était valable pour elle ne l'était-il pas pour les autres – Paulo l'avait dit lui-même sur la place ! Est-ce qu'il n'écoutait pas ses propres paroles ?

Le cœur de Chris se serrait de plus en plus en voyant l'éclat dans les yeux de son mari.

À ce moment-là, le visage de Paulo s'éclaira.

— Lumière ! Lumière ! cria-t-il.

Elle se retourna. À l'horizon, près de l'endroit où l'étoile avait surgi, trois lumières brillaient dans le ciel.

— Lumière ! répéta-t-il. L'ange !

Chris éprouva une immense envie de s'agenouiller, et de remercier, parce que sa prière avait été entendue, que Dieu avait envoyé son armée angélique.

Les yeux de Paulo s'emplirent de larmes. Le miracle s'était produit, il avait fait le bon pari.

Ils entendirent un fracas de tonnerre à leur gauche, et un autre au-dessus de leurs têtes. Maintenant il y avait cinq, six lumières brillantes dans le ciel ; le désert était tout illuminé.

L'espace d'un instant elle en perdit sa voix : elle aussi était en train de voir son ange gardien ! Les détonations étaient de plus en plus fortes, fusaient à leur droite, à leur gauche, au-dessus d'eux, en des roulements fous qui ne venaient pas d'en haut, mais de derrière, et des côtés – et qui se dirigeaient vers les lumières.

Les Valkyries ! Les vraies Valkyries, filles de Wotan, chevauchant à travers les cieux et portant les guerriers ! Elle plaqua ses mains sur ses oreilles, emplie de peur.

Elle s'aperçut que Paulo l'imitait – et dans ses yeux ne brillait plus le même éclat.

D'immenses boules de feux naissaient à l'horizon, tandis que le sol tremblait sous leurs pieds. Tonnerre dans les Cieux et sur la Terre.

— Allons-nous-en, demanda-t-elle.

— Il n'y a aucun danger, répondit-il. Ils sont loin, très loin. Ce sont des avions de guerre.

Mais les chasseurs supersoniques passaient le mur du son près d'eux, dans un vacarme assourdissant.

Ils se réfugièrent dans les bras l'un de l'autre, et contemplèrent un long moment ce spectacle macabre, à la fois fascinés et terrorisés. Ils ne parvenaient pas à voir les sources des détonations, mais ils savaient de quoi il s'agissait, parce qu'il y avait ces boules de feu à l'horizon, et ces lumières vertes – plus d'une dizaine, à présent – qui retombaient lentement dans le ciel, éclairant le désert tout entier, de sorte que personne, absolument personne, ne pouvait s'y cacher.

— C'est juste un entraînement militaire, dit-il pour tenter de la rassurer. Un exercice des forces aériennes. Dans cette région il y a beaucoup de bases militaires.

Mais un jour ce serait vrai. Et elle imagina que, ce jour-là – par hasard aussi –, le destin pourrait la conduire dans une ville éclairée par ces lumières, et les boules de feu ne seraient pas à l'horizon, mais au-dessus, au-dessous, à côté d'elle.

— Je l'ai vu sur la carte, répéta Paulo, en s'efforçant de parler le plus fort possible. Mais j'ai préféré croire que c'étaient des anges.

Ce sont des instruments des anges, songea-t-elle. *Des anges de la mort.*

L'éclat jaune des bombes retombant à l'horizon se mêlait aux intenses lumières vertes qui descendaient lentement – celles des parachutes –, pour dévoiler tout ce qui se trouvait au sol et que les chasseurs n'aient qu'à viser et décharger leurs charges mortelles.

L'exercice dura quasiment une demi-heure. Puis les avions disparurent comme ils étaient arrivés et le désert redevint silencieux. Les dernières lumières vertes touchèrent le sol et s'éteignirent. Les étoiles refirent leur apparition, et le sol cessa de trembler.

Paulo respira profondément. Il ferma les yeux et pensa de toutes ses forces : *J'ai gagné le pari. Je ne peux pas douter que j'ai gagné le pari.* Sa pensée involontaire faisait des allers-retours, affirmant que tout cela n'était que le fruit de son imagination, que son ange gardien n'avait pas révélé son visage. Mais il planta l'ongle de son index dans son pouce et appuya jusqu'à ce que la douleur devienne insupportable ; la douleur empêche toujours les gens de penser des bêtises.

— Je verrai mon ange, répéta-t-il, tandis qu'ils descendaient la montagne.

Chris sentit son cœur se serrer de nouveau. Mais elle s'interdit d'y penser – il pourrait s'en apercevoir. La seule façon rapide de changer de sujet était d'écouter ce que sa pensée involontaire lui soufflait, et de demander à Paulo si elle avait raison.

— Je voudrais te poser une question.

— Ne me demande rien sur le miracle. Il se produira, ou ne se produira pas. Ne gaspillons pas notre énergie à parler de ça.

— Non, c'est autre chose.

Elle hésita beaucoup avant de parler. Paulo était son mari. Il la connaissait mieux que personne. Elle avait peur de sa réponse, parce que ses paroles – parce qu'elles venaient de son mari – avaient un poids différent des paroles des autres.

Mais elle décida de l'interroger malgré tout ; elle ne supporterait pas de garder ce doute en tête.

— Tu crois que j'ai fait le mauvais choix ? Que j'ai gâché ma vie en semant, joyeuse de voir les plantes pousser autour de moi, au lieu de vivre l'expérience de la grande émotion de la chasse ?

Il marchait en regardant le ciel. Il pensait encore à son pari, et aux avions.

— Très souvent, finit-il par répondre, je regarde les gens comme J., qui sont en paix, et qui trouvent la communion avec Dieu par le biais de cette paix. Je te regarde toi, qui as réussi à parler avec ton ange gardien avant moi… alors que c'est moi qui suis venu ici pour ça. Je te regarde t'endormir facilement, alors que moi je vais à la fenêtre et je me demande pourquoi le miracle que j'attends ne se produit pas. Et je me demande : est-ce que je me suis trompé de chemin ?

Il se tourna vers elle.

— Qu'en penses-tu ? Ai-je choisi le mauvais chemin ?

Chris lui prit les mains.

— Non. Tu serais malheureux.

— Toi aussi, tu le serais, si tu avais choisi mon chemin.

Que c'est bon de le savoir, songea-t-elle.

Avant que la sonnerie du réveil retentisse, il se leva sans bruit.

Il regarda dehors : il faisait encore nuit.

Chris dormait à côté de lui, d'un sommeil agité. Une fraction de seconde, il voulut la réveiller, lui dire où il allait, lui demander de prier pour lui – mais il y renonça aussitôt. Il lui raconterait tout à son retour. Et puis, il n'allait pas dans un endroit dangereux.

Il alluma la lumière de la salle de bains et remplit sa gourde au lavabo. Puis il but le plus d'eau possible – il ne savait pas quand il rentrerait.

Il s'habilla, prit la carte, retraça mentalement son itinéraire et s'apprêta à sortir.

Mais il n'arrivait pas à trouver la clé de la voiture. Il chercha dans ses poches, son sac à dos, sa table de chevet. Il songea à allumer la lampe – mais non, c'était trop risqué, la lumière provenant de la salle de bains éclairait suffisamment. Il ne pouvait pas perdre davantage de temps – chaque minute passée ici était une minute de moins à attendre son ange gardien. Dans quatre heures, le soleil du désert deviendrait insupportable.

Chris a caché la clé, songea-t-il. Elle était devenue une autre femme – elle parlait avec son ange, son intuition avait considérablement augmenté. Elle avait peut-être découvert ses plans – et elle avait peur.

Mais pourquoi ? La nuit où il l'avait vue au bord du précipice avec Vahalla, ils s'étaient fait une promesse sacrée : ils s'étaient juré de ne plus jamais risquer leur vie dans ce désert. L'ange de la mort les avait frôlés plusieurs fois, et il valait mieux ne pas tester davantage la patience de leurs anges gardiens. Chris le connaissait suffisamment pour savoir qu'il respectait toujours ses promesses. Voilà pourquoi il partait peu avant le lever du soleil – pour éviter les dangers de la nuit et ceux du jour.

Et cependant elle avait peur, et elle avait caché la clé.

Il alla vers le lit, déterminé à la réveiller. Et il s'arrêta net.

Oui, cette peur avait une cause. Et ce n'était pas le seul souci de sa sécurité, des risques qu'il pouvait courir. C'était une peur différente : Chris craignait que son mari essuie un échec. Elle savait que Paulo tenterait quelque chose. Il ne leur restait plus que deux jours dans le désert.

C'est bien que tu aies pris cette précaution, Chris, songea-t-il, en riant tout seul. *Je mettrais bien deux ans à oublier un échec pareil, et pendant ce temps tu devrais me supporter, passer des nuits blanches avec moi, encaisser ma mauvaise humeur, subir ma frustration. Ce serait pire encore que les journées que j'ai passées avant de découvrir comment faire le pari.*

Il fouilla dans les affaires de sa femme : la clé était dans la ceinture où elle gardait argent et passeport. Alors il se souvint de sa promesse de rester prudent – c'était peut-être une mise en garde. Il avait appris que personne ne part dans le désert sans laisser au moins une indication sur l'endroit où il se rend. Même s'il savait qu'il allait vite revenir, même s'il savait que cet endroit n'était, finalement, pas si loin – et que s'il avait un problème avec la voiture, il pourrait regagner la route à pied –, il préféra ne prendre aucun risque. Après tout, il avait fait une promesse.

Il posa la carte sur le lavabo. Puis il prit son spray de mousse à raser pour tracer un cercle autour d'un lieu : Glorietta Canyon.

Il en profita pour écrire JE N'ÉCHOUERAI PAS sur le miroir. Ensuite, il enfila ses tennis et sortit.

Au moment de mettre en marche la voiture, il découvrit qu'il avait laissé la clé sur le contact.

Elle a dû faire faire un double, songea-t-il. *Qu'est-ce qu'elle s'imaginait ? Que j'allais la laisser en plein désert ?*

C'est alors qu'il se souvint de l'étrange comportement de Took, quand celui-ci avait oublié sa lampe torche dans la voiture. C'était grâce à la clé qu'il avait finalement laissé une indication sur l'endroit où il se rendait. Son ange gardien lui faisait prendre toutes les précautions possibles.

Les rues de Borrego Springs étaient désertes. *Ça ne change pas trop de la journée*, se dit-il. Il se souvint de leur première nuit ici, quand ils s'étaient allongés par terre dans le désert pour imaginer leurs anges. À cette époque, tout ce qu'il désirait était communiquer avec l'un d'entre eux.

Il tourna à droite, quitta la ville et prit la direction du Glorietta Canyon. Les montagnes étaient à sa droite – les montagnes qu'ils avaient tous deux parcourues en voiture, avant de découvrir que le désert commençait soudain, sans prévenir. *À cette époque*, songea-t-il, et il se rendit compte qu'il n'était pas passé tant de temps que ça. Seulement trente-huit jours.

Mais, tout comme Chris, son âme était morte à de nombreuses reprises dans ce désert. Il avait couru après un secret qu'il connaissait déjà, vu le soleil devenir les yeux de la mort, rencontré des femmes qui semblaient être des anges et des démons à la fois. Il était retourné à une obscurité qu'il croyait avoir oubliée. Il avait découvert que, même s'il parlait souvent de Jésus-Christ, il n'avait jamais complètement accepté son pardon.

Il avait aussi retrouvé sa femme – justement quand il croyait l'avoir perdue pour toujours. Car (et Chris ne devait jamais l'apprendre) il était tombé amoureux de Vahalla.

Il avait alors compris la différence entre la passion et l'amour. C'était une chose très simple, comme entrer en contact avec les anges.

Vahalla faisait partie de la fantaisie de son monde, c'était la femme guerrière, chasseresse, qui communiquait avec les anges et était prête à affronter tous les risques pour dépasser ses propres limites. Pour elle,

Paulo était l'homme qui possédait la bague de la Tradition de la Lune, le mage qui connaissait des mystères occultes, l'aventurier capable de tout quitter pour partir en quête des anges. Ils seraient toujours l'un à l'autre – tant que chacun serait exactement ce que l'autre s'imaginait.

C'était ça, la passion : créer l'image de quelqu'un, et ne pas prévenir.

Un jour, pourtant, quand la cohabitation aurait révélé la véritable identité de chacun, ils se seraient rendu compte qu'il y avait un homme et une femme derrière le Mage et la Valkyrie. Avec des pouvoirs, peut-être, avec des connaissances précieuses, certes, mais un homme et une femme – avec les peines, les joies, les forces et les faiblesses de tous les autres êtres humains – et ils n'auraient pas pu échapper à cette réalité.

Et lorsque l'un d'eux aurait montré qui il était réellement, l'autre se serait éloigné – parce que cela signifiait la destruction du monde qu'il avait créé.

Paulo avait découvert l'amour au bord d'un précipice, alors que deux femmes se dévisageaient et que l'immense lune brillait derrière elles. L'amour, c'était partager le monde avec l'autre. Il connaissait bien l'une de ces femmes, il partageait son univers avec elle. Ils voyaient les mêmes montagnes, les mêmes arbres, même si chacun les regardait d'une façon différente. Elle connaissait ses faiblesses, ses moments de haine, de désespoir, et, malgré tout, elle était à ses côtés.

Ils partageaient le même univers. Il avait l'impression, très souvent, que cet univers n'avait plus de secrets pour lui, mais il avait découvert – ce soir-là, dans la Vallée de la Mort – que cette impression était un mensonge.

Il arrêta la voiture. Face à lui, le défilé s'enfonçait dans la montagne. Il avait choisi ce lieu à cause de son nom – en fin de compte, les anges sont présents à tout moment et dans tous les endroits du monde. Il descendit, but un peu d'eau du grand bidon qui se trouvait dans le coffre du véhicule, et accrocha la gourde à sa ceinture.

Quand il prit la direction du défilé à pied, il songeait encore à Vahalla et à Chris. *Je pense que je tomberai encore amoureux de nombreuses autres fois*, se dit-il. Il ne s'en sentait pas coupable. La passion était quelque chose de bon, d'agréable, qui pouvait beaucoup enrichir sa vie.

Mais elle était différente de l'amour. Et l'amour n'a pas de prix, on ne peut l'échanger pour rien au monde.

Il s'arrêta à l'entrée du défilé et contempla la vallée. L'horizon se teintait de rouge. C'était la première fois qu'il voyait une aube dans le désert ; même quand ils dormaient à la belle étoile, le soleil était déjà haut quand il se réveillait.

Quel beau spectacle j'ai raté, songeait-il. La cime des montagnes, au loin, se mit à briller, et la couleur rose commença à recouvrir la vallée, les pierres, les petites plantes qui persistaient à vivre presque sans eau. Il contempla la scène un moment.

Il se souvint du livre qu'il venait de publier au Brésil, dans lequel, à un moment donné, le berger Santiago va admirer le désert dans la montagne. Mis à part le fait qu'il n'était pas sur un sommet, il était surpris par la similitude avec ce qu'il avait écrit huit mois plus tôt. De même, il ne se rendait compte que maintenant du nom de la ville où ils avaient atterri aux États-Unis.

Los Angeles. Ce qui, en espagnol, signifiait « Les Anges ».

Mais ce n'était pas le moment de penser aux signes sur le chemin.

— Tel est ton visage, mon ange gardien, déclara-t-il à voix haute. Je te vois. Tu as toujours été sous mes yeux et je ne t'ai presque jamais reconnu. J'entends ta voix, je t'entends plus clairement de jour en jour. Je sais que tu existes, parce qu'on parle de toi partout sur la Terre.

» Un homme seul, ou une société tout entière, pourrait peut-être se tromper. Mais toutes les sociétés, et toutes les civilisations, partout sur la planète, ont toujours parlé des anges. Aujourd'hui, les enfants, les vieillards et les prophètes écoutent. Et on continuera à parler des anges au travers des siècles parce que les prophètes, les enfants et les vieillards existeront toujours.

Un papillon bleu se mit à voler devant lui. C'était une réponse de son ange gardien.

— J'ai rompu un accord. J'ai accepté un pardon.

Le papillon voletait de-ci de-là. Ils avaient vu plusieurs papillons blancs dans le désert – mais celui-ci était bleu. Son ange était content.

— Et j'ai fait un pari. Ce soir-là, en haut de la montagne, j'ai parié toute ma foi en Dieu, en la vie, en mon travail, en J., j'ai parié tout ce que j'avais. J'ai parié que, quand j'ouvrirais les yeux, tu te montrerais à moi. J'ai placé ma vie tout entière sur un plateau de la balance. Je t'ai demandé de mettre ton visage sur l'autre plateau.

» Et quand j'ai ouvert les yeux, j'avais le désert face à moi. L'espace d'un instant, j'ai cru que j'avais perdu. Mais alors... ah, je m'en souviens avec tant de tendresse !... alors tu m'as parlé.

Un petit rayon de lumière surgit à l'horizon. Le soleil se levait.

— Tu te souviens de ce que tu m'as dit ? Tu m'as dit : "Regarde autour de toi, voici ma face. Je suis le lieu où tu te trouves. Mon manteau te couvrira des rayons du soleil le jour, et de l'éclat des étoiles la nuit." J'ai entendu clairement ta voix !

» Et tu as dit aussi : "Aie toujours besoin de moi !"

Son cœur était joyeux. Il allait attendre le lever du soleil, regarder le plus longtemps possible la face de son ange ce matin-là. Puis il irait raconter à Chris son pari. Et lui dire que voir son ange était encore plus facile que parler avec lui ! Il suffisait de croire que les anges existent, il suffisait d'avoir besoin des anges. Et ils se montraient, brillants comme la naissance du matin. Et ils portaient secours, ils remplissaient leur mission de protecteurs et de guides, pour que chaque génération enseigne leur présence à la génération suivante – afin qu'on ne les oublie jamais.

« Écris quelque chose », entendit-il dire une voix dans sa tête.

C'était drôle. Il n'essayait pas de canaliser – il contemplait simplement la face de son ange.

Cependant, une force en lui exigeait qu'il écrive. Il s'efforça de se concentrer sur l'horizon et sur le désert, mais il n'obtint rien de plus.

Il alla jusqu'à la voiture, prit un carnet et un stylo. Il avait déjà fait quelques expériences en psychographie, mais sans aller très loin – J. lui avait dit que cela n'était pas pour lui, qu'il devait se mettre en quête de son véritable don.

Il s'assit par terre, le stylo dans la main, et essaya de se détendre. D'ici peu, le stylo allait se mettre à bouger tout seul, il tracerait quelques traits, puis les mots commenceraient à surgir. Pour cela, il devait lâcher prise, laisser quelque chose – un esprit ou un ange – s'emparer de lui.

Il s'abandonna complètement, accepta d'être un instrument. Mais rien ne se produisit. « Écris », entendit-il de nouveau dans sa tête.

Il fut effrayé. Il n'allait pas être incorporé par un esprit. Il canalisait sans le vouloir – comme si son ange était là, en train de lui parler. Ce n'était pas de la psychographie.

Il empoigna le stylo différemment – avec fermeté à présent.

Les mots jaillirent, avec netteté. Et il copiait au fur et à mesure, sans avoir le temps de penser à ce qu'il écrivait :

Pour la cause de Sion, je ne me tairai pas,
et pour Jérusalem, je n'aurai de cesse
que sa justice ne paraisse dans la clarté,
et son salut comme une torche qui brûle.

Cela ne s'était jamais produit auparavant. Il *entendait* une voix, en lui, qui lui soufflait des paroles :

On te nommera d'un nom nouveau
que la bouche du Seigneur dictera.
Tu seras une couronne brillante dans la main du Seigneur,
un diadème royal entre les doigts de ton Dieu.
On ne te dira plus : « Délaissée ! »

À ton pays, nul ne dira : « Désolation ! »
Toi, tu seras appelée « Ma Préférence »,
cette terre se nommera « L'Épousée ».

Il essaya de parler avec cette voix. Il demanda à qui il devait dire cela.

« Cela a déjà été dit, répondit la voix. C'est juste en train d'être rappelé. »

Paulo sentit sa gorge se serrer. C'était un miracle, il rendait grâce au Seigneur.

Le disque doré du soleil apparut peu à peu à l'horizon. Il lâcha son carnet et son stylo, se leva et tendit les mains vers la lumière. Il demanda que toute cette énergie d'espoir – l'espoir qu'un nouveau jour apporte à des millions de personnes sur la Terre – entre par ses doigts pour se nicher dans son cœur. Il demanda à croire toujours au monde nouveau, aux anges, aux portes ouvertes du Paradis. Il demanda protection à son ange et à la Vierge – pour lui, pour tous ceux qu'il aimait, et pour son travail.

Le papillon revint et, comme s'il obéissait à un signe secret de l'ange, se posa sur sa main gauche. Il se figea complètement, parce qu'il était en présence d'un miracle de plus. Son ange avait répondu.

Il sentit l'Univers s'arrêter à ce moment précis : le soleil, le papillon, le désert devant lui.

Et, l'instant d'après, l'air autour de lui remua. Ce n'était pas le vent. C'était une secousse de l'air – la même que lorsqu'une voiture double un bus à toute vitesse.

Un frisson de la terreur la plus absolue parcourut sa colonne vertébrale.

Quelqu'un était là.

« Ne regarde pas derrière toi », entendit-il.

Son cœur s'affola, et il se sentit abasourdi. Il savait que c'était la peur, une peur terrible. Il restait immobile, les mains tendues devant lui, le papillon posé.

Je vais m'évanouir d'effroi, pensa-t-il.

« Ne t'évanouis pas », répondit la voix.

Il essayait de garder son sang-froid, mais ses mains devinrent glacées, et il se mit à trembler. Le papillon s'envola loin, et il abaissa les bras.

« Agenouille-toi », ordonna la voix.

Il s'exécuta. Il n'avait plus aucune capacité à penser. Aucun endroit où s'échapper.

« Lisse le sol. »

Il obtempéra. Il dégagea un petit espace dans le sable devant lui, pour qu'il soit plat. Son cœur battait toujours la chamade et il se sentait de plus en plus abruti ; il songea que peut-être il faisait une crise cardiaque.

« Regarde par terre. »

Une lumière intense, presque aussi forte que le soleil du matin, brillait à sa gauche. Il ne voulait pas regarder, il voulait juste que tout cela se termine au plus vite. L'espace d'une seconde, il se rappela son enfance, quand on lui racontait les apparitions de Notre-Dame aux enfants. Il passait toujours des nuits blanches après cela, à demander à Dieu de ne jamais faire apparaître la Vierge devant lui – parce qu'il avait trop peur. Une peur effroyable.

Le même effroi qu'il éprouvait à présent.

« Regarde par terre », insista la voix.

Il planta son regard dans le sable qu'il venait de lisser. Et c'est alors qu'un bras doré, éclatant comme le soleil, apparut et se mit à écrire quelque chose.

« Voici mon nom. »

La peur lui donnait toujours le tournis. Son cœur s'emballa encore.

« Crois-moi, entendit-il. Les portes sont ouvertes pour un moment. »

Il rassembla toutes les forces qui lui restaient.

— Je veux parler, déclara-t-il à voix haute.

La chaleur du soleil semblait lui redonner des forces.

Il n'entendit rien, aucune réponse.

Une heure plus tard, lorsque Chris arriva – elle avait réveillé le patron de l'hôtel et exigé qu'il l'emmène en voiture jusque-là –, il contemplait toujours le nom écrit dans le sable.

Ils regardaient tous deux Paulo préparer le ciment.

— Quel gâchis d'eau, en plein désert, plaisanta Took.

Chris lui demanda de ne pas en rire ; son mari était encore sous le choc de la vision.

— J'ai trouvé d'où provient l'extrait, annonça Took. C'est le prophète Isaïe qui l'a écrit.

— Pourquoi ce passage ? demanda Chris.

— Je n'en ai pas la moindre idée. Mais je serai attentif.

— Il parle d'un monde nouveau, poursuivit-elle.

— C'est peut-être pour ça, répondit Took. C'est peut-être pour ça.

Paulo les appela. Le mortier était prêt.

Ensemble, ils récitèrent un Ave Maria. Puis Paulo grimpa sur la pierre, déposa le mélange et y plaça la statuette de Notre-Dame qu'il avait toujours sur lui.

— Voilà. C'est fait.

— Les gardes l'enlèveront peut-être à leur prochain passage, prévint Took. Ils surveillent le désert comme un champ de fleurs.

— Peut-être, dit Paulo. Mais le lieu est marqué. Il sera l'un de mes lieux sacrés, pour toujours.

— Non, lui opposa Took. Les lieux sacrés sont des endroits individuels. Ici, un texte a été dicté. Un texte qui existait déjà, qui parle d'espoir, et qui avait été oublié.

Paulo ne voulait pas y réfléchir maintenant. Il avait encore peur.

— Ici, l'énergie de l'Âme du Monde a tourné, poursuivit Took, et elle continuera de tourner. C'est un lieu de Pouvoir.

Ils rassemblèrent les outils avec lesquels Paulo avait fait le ciment, les mirent dans le coffre de la voiture et allèrent déposer Took à sa vieille caravane.

— Paulo ! s'écria-t-il en prenant congé. Ce serait bien que tu connaisses un vieux dicton de la Tradition :

« *Quand Dieu veut rendre quelqu'un fou, il satisfait tous ses désirs.* »

— Peut-être, admit Paulo. Mais ça en valait la peine.

Le mot de la fin

Un après-midi, un an et demi après l'apparition de l'ange, j'ai trouvé dans mon courrier une lettre de Los Angeles. C'était une lectrice brésilienne, Rita de Freitas, qui me félicitait pour *L'Alchimiste.*

Sans réfléchir, je lui ai écrit en retour et l'ai priée d'aller jusqu'au Glorietta Canyon, près de Borrego Springs, pour voir si la statuette de Notre-Dame de Aparecida que j'y avais placée s'y trouvait toujours.

Une fois ma lettre postée, je me suis dit : *Quel idiot. Cette femme ne m'a jamais vu, c'est juste une lectrice qui a voulu me dire quelques mots gentils, et elle ne fera jamais ce que je lui demande. Elle ne va pas monter dans une voiture et faire six heures de route jusqu'au désert, juste pour vérifier qu'il y a toujours une statuette.*

Peu avant Noël 1989, j'ai reçu une lettre de Rita, que j'adapte ci-dessous. Elle disait :

« Quelques "coïncidences" idéales se sont produites. J'ai eu une semaine de congés, pour Thanksgiving, le Jour de l'Action de Grâce. Mon petit ami (Andrea,

un musicien italien) et moi voulions aller dans un endroit très différent.

C'est alors que j'ai reçu votre lettre ! L'endroit dont vous me parliez se trouve près d'une réserve indigène. Nous avons décidé de nous y rendre.

(…)

Le troisième jour, nous avons cherché le Glorietta Canyon, et nous l'avons trouvé. C'était justement le Jour de l'Action de Grâce. C'est intéressant parce que nous roulions très lentement, et je n'ai vu nulle trace de la statuette. Nous avons atteint la fin du canyon, sommes descendus de voiture et avons commencé à gravir la montagne, jusqu'au sommet. Tout ce que nous avons pu observer, c'étaient quelques pistes de coyotes.

À ce moment-là, nous en avons conclu qu'elle n'était plus là.

(…)

Au retour, nous avons aperçu des fleurs sur les rochers. Nous avons arrêté la voiture pour aller regarder, et nous sommes tombés sur quelques petites bougies allumées, un papillon en tissu doré et une corbeille en paille abandonnée à côté. Nous en avons conclu que ce devait être l'endroit où se trouvait la sainte, mais qu'elle n'y était plus.

Ce qui est intéressant, c'est que je suis quasiment certaine qu'il n'y avait rien de tout ça quand nous sommes passés à l'aller. Nous avons pris une photo – que voici – et poursuivi notre route.

Alors que nous étions presque sortis du canyon, nous avons vu, soudain, une femme tout habillée de blanc, portant des vêtements de type arabe, un turban, une longue tunique, et qui marchait au milieu de la route. C'était très étrange : comment une femme pouvait-elle bien apparaître en plein désert ?

Je me suis dit : est-ce cette femme qui a déposé les fleurs et allumé les bougies ? Je n'ai aperçu aucun véhicule, et je me suis demandé : comment est-elle arrivée jusqu'ici ?

Mais j'étais tellement surprise que je n'ai pas réussi à lui parler. »

J'ai regardé la photo que Rita m'avait envoyée : c'était exactement l'endroit où j'avais placé la sainte.

C'était le Jour de l'Action de Grâce. Et, j'en suis sûr, des anges se promenaient dans les parages.

J'ai écrit ce livre en janvier-février 1992, peu après la fin de la Troisième Guerre mondiale – dont les combats ont été beaucoup plus sophistiqués que ceux livrés avec des armes conventionnelles. Selon la Tradition, cette guerre a commencé dans les années 1950, avec le blocus de Berlin, et s'est achevée avec la chute du Mur. Il y a eu des vainqueurs, l'empire vaincu a été divisé et elle s'est terminée exactement comme une guerre conventionnelle. La seule chose qui ne s'est pas produite a été l'holocauste nucléaire – et cela n'arrivera jamais, parce que l'Œuvre de Dieu est trop grande pour être détruite par l'homme.

Maintenant, selon la Tradition, une nouvelle guerre va commencer. Une guerre encore plus sophistiquée, à laquelle personne ne pourra échapper – parce que c'est à travers ses batailles que la croissance de l'homme finira de s'accomplir. Nous verrons deux armées : d'un côté, ceux qui croient encore en l'espèce humaine, aux pouvoirs occultes de l'homme, et qui savent que notre prochaine étape réside dans la croissance des dons individuels ; de l'autre côté, ceux qui nient le futur, ceux qui pensent que la vie se limite à la matière et – malheureusement – ceux qui, malgré leur foi, croient qu'ils ont découvert le chemin de l'illumination et veulent obliger les autres à les suivre.

C'est pour cette raison que les anges sont de retour, et qu'il faut les écouter, parce qu'eux seuls peuvent nous montrer le chemin – et personne d'autre. Nous pouvons partager nos expériences – comme j'ai cherché à partager la mienne, dans ce livre –, mais il n'existe aucune formule miracle pour cette croissance. Dieu a généreusement placé Sa sagesse et Son amour à notre portée, et il est facile, très facile, de les trouver. Il suffit de permettre la canalisation – un procédé si simple que j'ai moi-même eu du mal à l'accepter et le reconnaître. Ces combats seront livrés – dans leur majorité – sur le plan astral, ce sont donc nos anges gardiens qui empoigneront l'épée et le bouclier, nous protégeant des dangers et nous guidant vers la victoire. Mais notre responsabilité aussi est immense : il nous incombe, à ce moment de l'Histoire, de développer nos propres pouvoirs, de croire que l'Univers ne se cantonne pas aux murs de notre chambre, d'accepter les signes, de suivre nos rêves et notre cœur.

Nous sommes responsables de tout ce qui arrive en ce monde. Nous sommes les Guerriers de la Lumière. Avec la force de notre amour, de notre volonté, nous pouvons changer notre destin et le destin de beaucoup de gens.

Un jour viendra où le problème de la faim pourra être résolu par le miracle de la multiplication des pains. Un jour viendra où l'amour sera accepté par tous les cœurs, et la plus terrible des expériences humaines – la solitude, qui est pire que la faim – sera bannie de la surface de la Terre. Un jour viendra où ceux qui toquent à la porte la verront s'ouvrir ; où ceux qui sont dans le besoin recevront ; où ceux qui pleurent seront consolés.

Pour notre planète Terre, ce jour est encore très loin. Cependant, pour chacun d'entre nous, ce jour peut être demain. Il suffit d'accepter un simple fait : l'amour – celui de Dieu et celui de notre prochain – nous montre le chemin. Peu importe nos défauts, nos dangereux abîmes, notre haine réprimée, nos longs moments de faiblesse et de désespoir : si nous voulons d'abord nous corriger pour ensuite partir en quête de nos rêves, nous n'arriverons jamais au Paradis. Si, à l'inverse, nous acceptons tout ce qui est blâmable en nous et trouvons que nous méritons quand même une vie joyeuse et heureuse, alors nous ouvrirons une immense fenêtre permettant à l'Amour d'entrer. Peu à peu, nos défauts disparaîtront d'eux-mêmes, parce que lorsqu'on est heureux, on ne peut que regarder le monde avec Amour – cette force qui régénère tout ce qui existe dans l'Univers.

Dans le livre *Les Frères Karamazov*, Dostoïevski nous raconte l'histoire du Grand Inquisiteur, que je reprends ici avec mes propres mots :

À l'époque des persécutions religieuses à Séville, alors que toutes les personnes en désaccord avec l'Église sont arrêtées et brûlées vives, le Christ revient sur Terre et se mêle à la foule. Le Grand Inquisiteur remarque sa présence et le fait arrêter.

Le soir, il va lui rendre visite dans sa cellule. Et il lui demande pourquoi il a choisi de revenir précisément à ce moment-là. « Tu nous déranges, lui explique-t-il. En fin de compte, tes idéaux étaient bien beaux, mais c'est nous qui réussissons à les mettre en pratique. » Il débat avec Jésus, lui déclarant que, même si l'Inquisition sera jugée avec sévérité dans le futur, elle est nécessaire, et elle remplit son rôle. Que ça n'avance à rien de parler de paix, quand le cœur de l'homme vit en guerre ; ni de parler d'un monde meilleur, quand il y a tant de haine et tant de misère dans le cœur de l'homme. Que ça ne sert à rien de se sacrifier au nom de toute l'espèce humaine, parce que l'homme se sent toujours coupable. « Tu as dit que tous les hommes étaient égaux, qu'ils avaient la lumière divine en eux, mais tu as oublié que les hommes manquent d'assurance et ont besoin de quelqu'un, besoin de nous pour les guider. Ne viens pas embrouiller notre travail, va-t'en », conclut le Grand Inquisiteur, après avoir exposé à Jésus une série d'arguments brillants.

À la fin de son discours, un profond silence se fait dans la cellule de la prison. Alors Jésus s'approche du Grand Inquisiteur, l'embrasse sur la joue et lui dit :

« Tu as peut-être raison. Mais mon amour est plus fort. »

Nous ne sommes pas seuls. Le monde se transforme, et nous faisons partie de cette transformation. Les anges nous guident et nous protègent. Malgré toutes les injustices, malgré les choses qui nous arrivent et que nous ne méritons pas, malgré notre impression d'être incapables de changer ce qui ne va pas chez les gens et dans le monde, malgré tous les brillants arguments du Grand Inquisiteur, l'Amour est toujours plus fort, et il nous aidera à grandir. Et alors seulement, nous serons en capacité de comprendre les étoiles, les anges et les miracles.

Notes

1. *L'Alchimiste*, Paulo Coelho, traduction de Jean Orecchioni, Éditions Anne Carrière, 1994 ; Flammarion, 2024. *(Note de la traductrice)*

2. *Ballade de la geôle de Reading*, Oscar Wilde, traduction de Christian Jambet, Verdier, 1994. *(N.d.T.)*

3. *Registre de Titres et Documents de Rio de Janeiro. (N.d.T.)*

4. La participation de Chris au Chemin de Saint-Jacques de Compostelle est décrite dans *O diário de um mago (Note de l'auteur)* – paru en français sous le titre *Le Pèlerin de Compostelle*, traduction de Françoise Marchand-Sauvagnargues, Éditions Anne Carrière, 1996 ; J'ai lu, 2021. *(N.d.T.)*

5. Ce mot désigne une assemblée de personnes – maîtres et disciples – se réunissant à des fins rituelles. *(N.d.A.)*

6. *Non pour nous, Seigneur, non pour nous, mais pour la Gloire de Ton nom. (N.d.A.)*

Du même auteur *(suite)*

La Solitude du vainqueur, Flammarion, 2009 ; J'ai lu, 2010, 2021.
Brida, Flammarion, 2010 ; J'ai lu, 2011, 2021.
Aleph, Flammarion, 2011 ; J'ai lu, 2012, 2015, 2020.
Le Manuscrit retrouvé, Flammarion, 2013 ; J'ai lu, 2014, 2021.
Amour. citations choisies, Flammarion, 2013.
Adultère, Flammarion, 2014 ; J'ai lu, 2015, 2021.
L'Espionne, Flammarion, 2016 ; J'ai lu, 2017, 2020.
Hippie, Flammarion, 2018 ; J'ai lu, 2019, 2021.
La Voie de l'archer, Flammarion, 2019 ; J'ai lu, 2020.
Le Don suprême, Flammarion, 2023 ; J'ai lu, 2024.

Cet ouvrage a été mis en pages par

<pixellence>

CET OUVRAGE
A ÉTÉ ACHEVÉ D'IMPRIMER
SUR ROTO-PAGE
PAR L'IMPRIMERIE FLOCH
À MAYENNE EN AVRIL 2025

N° d'édition : 438576-0. N° d'impression : 106775
Dépôt légal : mai 2025
Imprimé en France